圖解 日文
自動詞・他動詞

作者◎田中綾子　譯者◎AKIKO

ボールが転がる

ボールを転がす

MP3
寂天雲 APP

如何下載 MP3 音檔

❶ **寂天雲 APP 聆聽**：掃描書上 QR Code 下載「寂天雲 - 英日語學習隨身聽」APP。加入會員後，用 APP 內建掃描器再次掃描書上 QR Code，即可使用 APP 聆聽音檔。

❷ **官網下載音檔**：請上「寂天閱讀網」（www.icosmos.com.tw），註冊會員／登入後，搜尋本書，進入本書頁面，點選「MP3 下載」下載音檔，存於電腦等其他播放器聆聽使用。

目錄

Part 1　Q&A：自動詞、他動詞　1

Q1	什麼是自動詞、他動詞？兩者分別用在哪一方面？	2
Q2	所有的動詞都有成對的自動詞、他動詞詞組嗎？自動詞、他動詞有可以依循的背誦規則嗎？	4
Q3	只有「自動詞」的動詞？只有「他動詞」的動詞？同時是「自動詞及他動詞」？	5
Q4	沒有相應的自動詞、他動詞的一般動詞，可以利用句型轉換為自動詞、他動詞？	8
Q5	用自動詞、他動詞敘述同一件事，給人什麼不同的印象？	10
Q6	如果你是電腦的主人，聽到下面哪一句比較容易氣消？為什麼？	12

Part 2　自動詞、他動詞應用句型　13

1	～ている・てある	14
2	～ておく	16
3	～ましょう（か）・ませんか	17
4	～たい・てほしい	18
5	～（よ）うと思う・つもり	20
6	（目的）～ように・ために	21
7	～てしまう	22

Part 3 自動詞、他動詞例句　25

Group A ＜-aる／?型＞　26
A－1. 自-aる／他-eる　26
A－2. 自-aる／他-u（≠す）　87

Group B ＜-れる／?型（≠す）＞　100
B－1. 自-れる／他-る・他-u　100

Group C ＜?／-su型＞　112
C－1. 自-れる／他-す　112
C－2. 自-eる（≠れる）／他-aす　135
C－3. 自-u／他-aす　155
C－4. 自-る／他-す　166
C－5. 自-iる／他-oす　195

Group D ＜その他＞　212
D－1. 自-u・自-る／他-eる　212
D－2. 自-eる／他-u・他-る　249

解答　264

索引　267

前言

相信許多日文學習者，一開始學日文動詞時，學起「学校へ行きます」、「ご飯を食べます」一定是駕輕就熟，可能沒有意識到「行く」是自動詞；「食べる」是他動詞。

但是學到日文中的「**他動詞＋てある**」、「**自動詞＋ている**」句型時，是否赫然發現昔日熟悉的動詞，怎麼有如此強烈的陌生感？想必大家是開始學到「ドアが**開く**」、「ドアを**開ける**」了吧！

「**開く、開ける**」、「**壞れる、壞す**」、「**破れる、破る**」等的自動詞他動詞，我們稱之為「自他對應動詞」。這一組一組的「自他對應動詞」有相似的外形，如果再碰上像是「**他動詞＋てある**」、「**自動詞＋ている**」這類限定形的句型，學習者就會開始暈頭轉向，搞不清楚都有相同漢字的單字，到底哪一個才能接「**V- てある**」；哪一個才能接「**V- ている**」！

語言學習過程中，如果你開始覺得進步速度開始停滯不前，就表示來到了需要累積能量的階段了。就像是栽種一棵樹，樹成長停滯就表示養分不夠，需要加點肥料才能繼續扎下深根、開枝散葉。

如果你學到「**ドアが開く**」、「**ドアを開ける**」時，開始覺得困難，就表示能量不足、養分開始拉警報了！

依筆者多年累積的教學經驗，深知華文學習者學自動詞、他動詞的困難，深切體認「自他對應動詞」雖然棘手，但是也不是沒有學習對策，要過這一關，就是要開始多方攝取養分了。

《圖解日文自動詞他動詞》就是提供讀者養分的最佳材料。

為了讓讀者對自動詞 他動詞有更深入的了解，本書精心選出 195 組最常用的「自他對應動詞」，同時利用圖像對照學習法，每一組動詞都搭配彩圖，點出每組自動詞、他動詞的關鍵差異，輔以列出單字的中文差異，並列舉實用例句。

本書分為三大單元：

第一單元 以一問一答的「Q＆A」方式，一一介紹自動詞、他動詞的特點，讓讀者重新深入認識自動詞、他動詞。如：「什麼是自動詞、他動詞？兩者分別用在哪一方面？」、「所有的動詞都有成對的自動詞、他動詞詞組嗎？」等。

第二單元 提示N5/N4程度的自動詞、他動詞應用句型，讓學習者可以了解其在日文中的實際使用狀況。例如「～ている・てある」「（目的）～ように・ために」…。

第三單元 本書最重要的內容──按照自動詞、他動詞的背誦規則，邏輯歸納一組一組外形意思相近的「自他對應動詞」，列點兩者中文的差異並列舉例句。

背誦規則一共歸納出了4個Group，按此規則順序學習自動詞、他動詞，可以達到事半功倍的效果。4個Group分別是：

1. 「-aる／？型」　　　　⇨　自-aる／他-eる…
2. 「-れる／？型（≠す）」⇨　自-れる／他-る・他-u…
3. 「？／-su型」　　　　　⇨　自-れる／他-す…
4. 「その他」　　　　　　⇨　自-u・自-る／他-eる…

每組Group的後面穿插練習題。練習題以會話方式呈現，藉此讀者可以擬真體驗自動詞、他動詞實際的使用實況，確認自己是否已經確實掌握自動詞他動詞的真髓。這樣一來即使沒有老師的引導，也可以獲得很好的學習效果。

如果你學到自動詞、他動詞，覺得自己猶如墜入五里霧中一般，很想把它抓來眼前從頭到腳再看清楚，再搖搖它的肩膀，問問「你是誰啊?!」的話，請讓《圖解日文自動詞他動詞》幫助您攝取養分，扎下更深厚的日文基礎！

PART 1

Q & A：自動詞、他動詞

Q1 什麼是「自動詞」、「他動詞」？兩者分別用在哪一方面？

他動詞 以「～をV」的形態使用的動詞。（「～を歩く」…是例外。[1]）如：
- ご飯を**食べる**。 ⇨ **食べる**
- ジュースを**飲む**。 ⇨ **飲む**

自動詞 不以「～をV」的形態呈現的動詞。如：
- 日本に**行く**。 ⇨ **行く**（意志動詞的自動詞）
- カメラが**壊れる**。 ⇨ **壊れる**（非意志動詞的自動詞）

　　上面舉的例子，學習起來不難理解。但是學習者一旦開始接觸到類似「開く」「開ける」的「自動詞」、「他動詞」時，是不是就開始覺得疑惑：為什麼日文動詞裡有自動詞、他動詞呢？讓我們這些學習者背起來很辛苦，學起來也很困難！

　　會有這樣的疑惑，一定是因為各位的腦子裡被下面的翻譯方程式所左右，所以才覺得辛苦困難。

日文	中文
1 ドアが**開く**（自動詞）	開門
2 ドアを**開ける**（他動詞）	

---

[1] 但是如果「を」的前面並不是動詞的「動作、作用」的對象，如下列的情況，這個動詞就是自動詞。

通過點＋を 橋を**渡る**（過橋）；左側を**歩く**（走左邊）；空を**飛ぶ**（在天空飛）

出發點、起點＋を 教室を**出る**（離開教室）；電車を**降りる**（下電車）；大学を**卒業する**（大學畢業）

「開く」「開ける」翻譯成中文是一樣的，都是「開門」。但是其實這兩句日文只有寫出其中的一部分，實際的句子是：

1. 人が自動ドアの前に立つと、ドアが自然に開く。
（人站在自動門前，門就自然打開。）

2. 私はゆっくりとドアノブを回して、ドアを開ける。
（我慢慢地轉動門把，將門打開。）

看上面的①②句子，就可以了解這兩個句子的狀況、動作都是不同的。

也就是說，因為狀況、動作的不同，所以得分開使用「開く」「開ける」，因為這是不同的動詞。

日文與中文在文法、單字、發音上是全然不同的語言。但是比起這些差異來說，更重要的差異是「日本人語言習慣中的想法」——盡可能直接了當地用簡短的語彙，將訊息傳達給對方——就筆者我個人的想法，「開く」、「開ける」這兩個字的差異只有「く」與「ける」而已，或許就是從這個概念而來的。

翻開本書想要開始學習自動詞、他動詞的各位，請先將上面提到的翻譯方程式的概念徹底根除後再開始學習。

如同許多日文文法解說書裡所提到的，自動詞、他動詞擔任功能分別如下：

自動詞	他動詞
● 表達自然現象的句子。	● 焦點放在做動作的人的句子。
● 不將焦點放在人的動作的句子。	● 表達人為意志的行為的句子。
● 表達的動作不是個人的意志的動作的句子（一部分例外，如：歩きます、泳ぎます…）。	● 表達後悔、遺憾、失敗的句子。
● 表示狀態變化，及其結果的句子。	
● 客氣表達句子。	

Q2 所有的動詞都有成對的「自動詞」、「他動詞」詞組嗎？「自動詞」、「他動詞」有可以依循的背誦規則嗎？

1 ドアが開く（自動詞）開門。

2 ドアを開ける（他動詞）把門打開。

3 電気がつく（自動詞）開燈。

4 電気をつける（他動詞）把燈打開。

我們沒有辦法從動詞的外形去判斷哪一個動詞是自動詞，或是他動詞。

但是在日文中有像上面的①②「開く」「開ける」以及③④「つく」「つける」那樣，其外形、意思相近的「**自動詞、他動詞**」詞組。這樣的詞組被稱為「**自他對應動詞**」。

但是有成對詞組的「**自他對應動詞**」，其實只是全部日文動詞中的一部份而已。日文的動詞中，外形或意思相似，但沒有自他對應詞組的動詞所佔的比例更高。首先各位學習者要先有這個認知。

上述的「自他對應動詞」也沒有絕對的背誦規則，並不是將所有的自動詞的字尾的「く」改為【ける】就變為他動詞這麼簡單。

像是下面的⑤⑥「上がる」（自動詞）「上げる」（他動詞）還有⑦⑧「壊れる」（自動詞）「壊す」（他動詞）一般，還有不同形態的「自他對應動詞」。

5 温度が上がる　溫度上升。

6 温度を上げる　提昇溫度。

7 パソコンが壊れる　電腦壞了。

8 パソコンを壊す　弄壞電腦。

「自他對應動詞」的形態多樣，而且規則分岐（詳細規則請參照 Part 3「自動詞」和「他動詞」的形態及用法），對學習者而言是困難學習的一個項目。但是按本書的介紹順序將這些規則記住的話，對學習自動詞和他動詞是很有幫助的。請多利用本書學習「**自他對應動詞**」吧！

Q3 只有「自動詞」的動詞？只有「他動詞」的動詞？同時是「自動詞」及「他動詞」的動詞？

如同前面所提到的，有成對詞組的**「自他對應動詞」**，其實只是全部日文動詞中的一部分而已。如同下面列舉的常用動詞，就沒有成對的詞組。有些動詞只有自動詞；有些只有他動詞；有些動詞同時是自動詞，也是他動詞。如：

只有「自動詞」的動詞，例如：

- いる　（在，有。〔有生命的〕）
- ある　（在，有，〔沒有生命的〕）
- わかる（懂，了解）
- 降る　（下雨，下雪）……
- 安定する（安定）
- 流行る　（流行）
- 倒産する（破產）

只有「他動詞」，如：

- 書く（書寫）
- 作る（做）
- 置く（放置）
- 問う（詢問）
- 贈る　　（贈送）
- 調印する（簽訂，蓋章）
- 評価する（評價）……

同時是「自動詞」、「他動詞」，如：

- 終わる（完了，結束）
- バックする（倒車）
- 開く（打開）……
- 増す（增加）
- 吹く（吹）

從下面例子，可以看到同時是「自動詞」「他動詞」的實際使用狀況。

終わる

「終わる」這個字彙，有「自他對應動詞」的「終わる／終える」詞組，但是「終わる」有時也做為他動詞使用。

1. 授業が終わります。（課結束。）

    授業を終わります。（把課結束。）

2. もう食事が終わりました。（用完餐了。）

    もう食事を終わりました。（已把餐用完了。）

3. まだ掃除が終わらないんです。（打掃還沒結束。）

    まだ掃除を終わらないんです。（還沒有打掃完成。）

する

接「〜する」的第3類動詞（サ行變格動詞）有很多是自他同形的動詞。例如：開店する（開店），オープンする（開放），アップする（提升），停止する（停止），解散する（解散）…。

1. 来月から店が開店するそうです。（聽說下個月店要開張。）

    来月から店を開店するつもりです。（打算下個月開店。）

2. 何時から店がオープンしますか。（店幾點開？）

    10時から店をオープンします。（10點開始開店。）

PART 1

Q&A：自動詞、他動詞

3 ネット上に写真がアップしています。（網路上的照片更新了。）

ネット上に写真をアップしました。（更新網路上的照片。）

4 エレベーターが停止しています。（電梯停了。）

エレベーターを緊急停止しました。（將電梯緊急停了。）

5 衆議院が解散しました。（眾議院解散了。）

衆議院を解散しました。（將眾議院解散。）

開く

1 扉が開いています。（門敞開著。）

扉を開いています。（將門敞開著。）

増す

1 秋は食欲が増します。（秋天食慾會增加。）

これは食欲を増す味付けです。（這是會促進食慾的調味。）

吹く

1 風が吹きます。（風吹著。）

笛を吹きます。（吹笛子。）

7

Q4 沒有相應的「自動詞」、「他動詞」的一般動詞，可以利用句型轉換為「自動詞」、「他動詞」？

「自動詞」沒有對應的「他動詞」時，可以用其「使役形」替用。

如果當一個自動詞根本沒有對應的他動詞，但是又需要他動詞時，可以使用「使役形」幫忙。

1. この言葉の意味がわかりました。（了解這個單字的意思。）

    この言葉の意味をわからせます。（讓他們了解這個單字的意思。）

2. 店の経営が安定しています。（店的經營很穩定。）

    店の経営を安定させます。（讓店的經營穩定。）

3. 雨が降ります。（下雨。）

    雨雲が雨を降らせます。（雨層雲讓雨下下來。）

4. この国では日本のアニメが流行っています。
    （在這個國家日本的動漫流行著。）

    テレビが日本のアニメを流行らせました。（電視讓日本的動漫流行。）

5. 会社が倒産しました。（公司倒閉了。）

    会社を倒産させてしまいました。（讓公司倒閉。）

> 「他動詞」沒有對應的「自動詞」時,可以用其「被動形」替用。

　　如果當一個他動詞根本沒有對應的自動詞,但是又需要自動詞時,可以使用「被動形」幫忙。

1. 国際経済の記事を書きます。(撰寫國際經濟的報導。)

   経済記事が書かれています。(寫著經濟的報導。)

2. たくさんの料理を作りました。(做了很多料理。)

   たくさんの料理が作られました。(很多料理被做出來。)

3. 彼の作品を入り口の近くに置きます。(將他的作品放在入口附近。)

   彼の作品は入り口の近くに置かれています。

   (他的作品被放在入口附近。)

4. ボランティア活動の意義を問います。(詢問志工活動的意義。)

   ボランティア活動の意義が問われます。(被詢問志工活動的意義。)

5. 平和条約を調印しました。(簽定和平條約。)

   平和条約が調印されました。(和平條約被簽定。)

6. 花を贈ってくれました。(送花給我。)

   花が贈られました。(被贈與花。)

7. 毎日の仕事ぶりを評価しました。(評價每天的工作情況。)

   毎日の仕事ぶりが評価されました。(每天的工作情況受到好評了。)

Q&A:自動詞、他動詞

Q5 用「自動詞」、「他動詞」敘述同一件事，給人什麼不同的印象？

在日文中「不明確說明『是誰做了這個動作』」，「模糊『動作者的存在』」的表達方式，會給予聽話者比較有禮貌的印象。所以比起將焦點放在「某人做了什麼事」，反而是「其結果是呈現如何的狀態」的表達方式更為常見。因此，日本人偏好使用讓人感受到委婉謙虛的自動詞表達方式。

1. お茶がはいりました。（茶泡好了）

    (△お茶をいれました。)（泡好茶了）

2. 夕食ができました。（晚餐好了）

    (△夕食を作りました。)（做好晚餐了）

3. 9時に授業が始まりました。（課9點開始）

    (△9時に授業を始めました。)（9點開始上課）

4. 身長が伸びました。（長高了）

    (× 身長を伸ばしました。)

5. このコップは強化ガラスだから、なかなか割れません。

    (×このコップは割りません。)

    （這個杯子是強化玻璃做的，不容易破。）

6. この時計は、電池を換えてもすぐ止まってしまいます。

    (×この時計を止めてしまいます。)

    （這個時鐘即使換了電池還是馬上停止不動。）

PART 1

Q&A：自動詞、他動詞

　　因為使用自動詞會給人較為有禮的印象，所以百貨公司或車站的廣播也較常用自動詞。另外，避免用強迫性的說話方式，或是低調的表達自己的主張，也比較常使用自動詞，這也是日本人的語言習慣之一。例如：

百貨公司或車站

1. このエレベーターは、各階に止まります。（△各階に止めます）
（這部電梯每一層樓都停。）

2. ドアが閉まります、ご注意ください。（△ドアを閉めます）
（車門要關了請注意。）

低調的表達自己的主張

1. ご注文は、決まりましたか。（△ご注文、決めましたか）
（您要點餐了嗎？）

2. 来月、結婚することになりました。（△結婚することにしました）
（下個月要結婚了。）

　　另一方面，在表示後悔、失敗或遺憾等情緒時則偏好使用他動詞。一些慣用的表現——像是使用身體部位名詞的慣用表現——也比較常使用他動詞。如：

1. 体調を崩してしまいました。（身體狀況變差了。）

2. 鍵を失くして、家に入れません。（弄丟鑰匙，無法回家。）

3. 話を聞いて、心を痛めています。（聽了談話，心很沉痛。）

4. 頭を冷やす。（讓頭腦冷靜。）

5. 肩を落とす。（很失望，沮喪。）

11

Q6 如果你是電腦的主人，聽到下面哪一句比較容易氣消？為什麼？

ⓐ お借りしたパソコンが壊れてしまいました。すみません。（自動詞）
　　（跟你借的電腦壞掉了。對不起。）

ⓑ お借りしたパソコンを壊してしまいました。すみません。（他動詞）
　　（把跟你借的電腦弄壞了。對不起。）

大家可以分辨ⓐ與ⓑ的差異嗎？兩者的差異重點在於「做錯事的人的責任感的差異」。

日文中常用自動詞表現「自然的變成那個狀態」，或是「人的意志沒有在運作」時的表現，所以ⓐ就含有「並不是自己的過錯」的意味。另一方面他動詞是「意志動作」的表現，所以ⓑ就表現出電腦壞掉是我的責任以及後悔的情緒。

會產生這種差異的理由是因自動詞是注重結果的狀態，而他動詞是注重行為的表現。當然對方並不是故意把借來的電腦弄壞的，但是結果是「在借的期間（自己不知道的情況下）壞掉了」所以說ⓑ「弄壞了，很抱歉」的方式，會給人誠心道歉的印象。

在日文的交流中，這種「顧慮到對方或他人的表現方式」是非常重要的。如果不曉得這點的話就會令人覺得是「幼稚的表現」、「無責任感的賠罪」，所以要注意。

PART 2

自動詞、他動詞應用句型

本章是整理接續自動詞、他動詞句尾的表現。如果要確實掌握各種文型的使用方法及自他動詞的區別，敬請多使用本書所附的 MP3。首先一邊看例句同時配合 MP3 唸誦，習慣了 MP3 的速度之後，不看例句跟著 MP3 做跟讀練習（接在聽到的例句之後做唸誦練習）。練習時集中精神，全神貫注地體會自動詞、他動詞的實際運用例子。希望各位能練就自然而然正確選用自動詞或他動詞。

1　〜ている・てある

「自動詞（非意志動詞[1]）＋ている」

以「自動詞（非意志動詞）＋ている」表示動作之後的結果。

這個句型主要重點不是在動作本身，而是著重於其結果或變化。常用在「不含人為意志」或是「自然的影響等所引起的情況」。

1. 部屋のエアコンが　ついています。（房間的冷氣開著。）
2. 窓が　開いています。（窗戶開著。）

「（意志）他動詞＋てある」

同樣是表示結果（狀態）的「〜てある」，主要是表示「動作主是有意志的進行某動作的結果（狀態）」，或是著重於「動作主行為」本身。

- 部屋のエアコンが　つけてあります。
- 窓が　開けてあります。

---

[1] 「並非主語可以在自我意志下做的動作、行為」的動詞就是「非意志動詞」。

「主語可以在自我意志下做的動作、行為」的動詞，就是「意志動詞」。

大部分的自動詞是「非意志動詞」，但是也有部分的自動詞是「意志動詞」，像是「歩く・行く・休む・起きる・集まる…」。

他動詞則都是「意志動詞」。

PART 2

1 自動詞、他動詞應用句型

使用「自他對應動詞」時,「自動詞＋ている」和「他動詞＋てある」意思是很相近的。兩者的差異是「～てある」含有動作主存在的意思,而「～ている」並沒有這樣的意含,表示事情是自然發生的。

要表現明確的目的或理由時只能用「他動詞＋てある」,像下面的a、b句子。

ⓐ 部屋の空気を入れ替えるために、窓が｛×開いています／○開けてあります｝。

ⓑ 少し寒いので、窓が｛×閉まっています／○閉めてあります｝。

「（意志）自動詞／他動詞＋てある」

「～てある」還有一種表示「準備狀況」的意思。這種情況下,只要是「意志動詞」的自動詞、他動詞都可以接「～てある」。「自他對應動詞」中的自動詞,大部分不能用。

1 航空券は❶、もうカバンに入れてあります。（機票已經放進包包裡。）

2 商品は、サイズごとに分けてあります。（商品依尺寸分類了。）

---

❶ 「～てある」句型中,選用不同的助詞,意思會有些微的不同。

　a 「電気を　つけてあります」…表示有意志的準備,以人的行為做為重點的情況。
　b 「電気が　つけてあります」…敘述結果的情況(狀態)。
　c 「電気は　つけてあります」…電燈本身是主題的情況。

2　〜ておく

　　「自動詞（意志動詞）/他動詞（意志動詞）＋ておく」，表示「事前的準備」的意思。

　　其他「〜ておく」還有保持狀態（放置）的意思，這種情況動詞只限用他動詞（意志動詞）以「他動詞（意志動詞）＋ておく」接續。

「（意志）自動詞/他動詞＋ておく」

1. 友達が来る前に、部屋を片付けておきます。
（在朋友來之前，將房間整理好。）

2. 荷物を取ってくるから、先に車に乗っておいてくれる？
（我去取行李，你先上車好嗎？）

「（意志）他動詞＋ておく」

1. A：窓を　閉めましょうか。（要把窗戶關上嗎？）

    B：いいえ、（そのまま）開けておいてください。（不用，就讓它開著。）

2. ケーキ、お父さんの分も残しておいてあげてね。
（蛋糕，留下老爸的份喔！）

3　〜ましょう（か）・ませんか

「（意志）自動詞/他動詞　ます形＋ましょう、ませんか」

　　因為是說話者的勸誘表現，所以可以使用動作主的意志性動作動詞，自動詞和他動詞都可以使用。「**自他對應動詞**」中的自動詞，大部分不能用。

意志的自動詞

1 A: 景色も見たいので、窓の近くに { ×移し／○移り } ませんか。
　　（我想看風景，我們把位子換到靠窗好嗎？）

　　B: そうですね、あそこに　移りましょうか。
　　（好啊，位子移到那邊好嗎？）

2 A: 明日、駅前の居酒屋で { ×集め／○集まり } ませんか。
　　（明天我們在車站前的居酒屋聚一下好嗎？）

　　B: いいですね、みんなで　集まりましょう。（好啊，大家聚聚吧！）

意志的他動詞

1 暑いですね。少しエアコンの温度を { ×下がり／○下げ } ましょうか。（好熱啊！將冷氣的溫度調低一些好嗎？）

2 電気を { ×つき／○つけ } ましょうか。（開燈好嗎？）

3 ベランダで　花を { ×育ち／○育て } ませんか。
　　（在陽台種花好嗎？）

4 ネクタイ、もっと明るい色に｛ ×換わり／○換え ｝ましょうか。
（領帶換明亮一點的顏色吧？）

4 〜たい・てほしい

「（意志）自動詞 / 他動詞　ます形＋たい」

「〜たいです」是表現說話者的意志願望，所以要使用「（意志）自動詞、他動詞」接續。他人的願望要用「〜たいそうです」。**「自他對應動詞」**中的自動詞，大部分不能用。

1 次のバス停で、｛ ×降ろし／○降り ｝たいです。
（我要在下個車站下車。）

2 今は　誰の意見も｛ ×聞こえ／○聞き ｝たくありません。
（我現在誰的意見都不想聽。）

3 鈴木さん、今日は１日、家で｛ ×過ぎ／○過ごし ｝たいそうです。
（鈴木今天整天想在家裡。）

4 ｛ ×加わり／○加え ｝たいメンバーは、誰ですか。
（想加入的成員是誰？）

5 次の会議の日程を｛ ×決まり／○決め ｝たいと　思います。
（我想要確定下次會議的日期。）

6 日本語の勉強を、これからも｛ ×続き／○続け ｝たいと　思っています。（今後我還是想要繼續學日文。）

18

PART 2

「～に（意志）自動詞/他動詞＋てほしい」

「～てほしい」是表示說話者對他人的希望、要求。所以和「～たい」一樣要接續「（意志）自動詞、他動詞」。「**自他對應動詞**」中的自動詞，大部分不能用。

1. すみません、ちょっと後ろを ｛ ×通って／○通して ｝ ほしいんです。（不好意思，請讓我從後面通過。）

2. 201号室の部屋、タバコ臭いから ｛ ×替わって／○替えて ｝ ほしいんですが…。（201號房有菸臭味，可以幫我換房間嗎？）

3. 明日7時に ｛ ×起きて／○起こして ｝ ほしいです。
（請你明天七點叫我起床。）

4. 貸した本を ｛ ×返り／○返して ｝ ほしいんです。
（我借你的書，希望你還給我。）

5. この書類、今日中に ｛ ×届き／○届けて ｝ ほしいんですが…。（這份文件，希望今天內送到。）

6. ｛ ×伝って／○伝えて ｝ ほしい事は、ありますか。
（有什麼希望我轉達的事情嗎？）

「～が （狀態）自動詞＋てほしい」

如下列的例文，說話者盼望某狀態能發生時，可以用「～が 自動詞＋てほしい」接續。

1. もっと 雪が 降ってほしいなぁ。（希望雪能下再大一點。）

2. この近くに 大型ショッピングモールが 建ってほしいです。
（希望這附近能蓋一家大型購物中心。）

19

5　～（よ）うと思う・つもり

「（意志）自動詞/他動詞Ｖ-（よ）う＋と思う」

因為是表示說話者意志，所以接續「（意志）自動詞、他動詞」。「自他對應動詞」中的自動詞，大部分不能用。

1. もっと　お金を　貯めようと　思います。（我想多存一些錢。）

1. 彼も　メンバーに　加えようと　思っています。（也想讓他加入成員。）

1. 体を{ ×休もう／○休めよう }と　思っています。（我想要休息。）

「（意志）自動詞/他動詞　Ｖ-る・Ｖない＋つもり」

「～つもり」是表示說話者在事前的決心意志。所以和「～（よ）うと思う」一樣接續「（意志）自動詞、他動詞」。「**自他對應動詞**」中的自動詞，大部分不能用。

1. これは　誰にも{ ×売れない／○売らない }つもりの絵なんです。
（這幅畫，我不想賣給任何人。）

2. 予定より　日程を{ ×早まる／○早める }つもりです。
（打算將行程提早。）

3. お借りしていた服は、できるだけ早く{ ×返る／○返す }つもりです。（打算將借來的衣服，盡早歸還。）

6　（目的）～ように・ために

> 「（無意志）自動詞　Ｖ-る　Ｖない＋ように、～」

表示「為了使狀態、狀況成立，而做、不做～」的表現。

「～ように」的前面要用非意志性的動詞，所以除了「なる」之類表狀態的自動詞之外，也可以接「**可能動詞**」。

1. 元気な赤ちゃんが｛ ×産む／○産まれる ｝ように、お祈りしています。（祈祝您生出健壯的嬰兒）

2. 外の景色が　｛ ×見る／○見える ｝ように、カーテンを　開けましょう。（為了能看到外面的風景，將窗簾拉開吧！）

3. 植物が、早く大きく｛ ×育てる／○育つ ｝ように、毎日水をあげています。（為了植物能快點茁壯，我每天澆水。）

> 「（意志）自動詞/他動詞　Ｖ-る　＋ために、～」

表示「為了～目的」[1]。要達成的目的必須是自我意志可以實現的動作，所以「～ために」的前面接「（意志）自動詞、他動詞」。「**自他對應動詞**」中的自動詞，大部分不能用。

---

[1] 這句型中單純就表示「目的」的部分，比較「～ように」、「～ために」的使用上差異。表示「原因、理由」的「ために」，以及表示「比喻」等的「ように」不納入討論。

1. 早く風邪を { ×治る／○治す } ために、1日3回、ちゃんと薬を飲んでいます。（為了早點治好感冒，我有好好的一天吃三次藥。）

2. 赤字を { ×減る／○減らす } ために、いくつかの店舗を閉鎖することにしました。（為了減少赤字，關閉了好幾家的店舖。）

3. みんなの意見をひとつに { ×まとまる／○まとめる } ために、議長が調整しています。（為了將大家的意見整合起來，議長進行協調。）

4. 難民を { ×助かる／○助ける } ために、彼は奮闘しています。（為了幫助難民，他全力奮鬥。）

5. 彼が無口だったのは、うそを { ×隠れる／○隠す } ためだった。（他閉口不言，是為了隱蔽謊言。）

7 〜てしまう❶

「 自動詞/他動詞 ＋てしまう」

表示「動作完了」、「後悔、婉惜、遺憾」。如果前面是非意志動詞時，易產生「**後悔、婉惜、遺憾**」的意思。

1. パンは全部売れてしまいました。（麵包都賣完了。）

2. この部屋を10分で片付けてしまいましょう。（用十分鐘把這個房間整理好。）

---

❶ a お借りした時計を 壊してしまいました。【壊す（他動詞・意志動詞）】
　 b お借りした時計が 壊れてしまいました。【壊れる（自動詞・無意志動詞）】
　 兩句的差異，請參照 Part 1 的「Q6」

3. 先に荷物を全部載せてしまいます。（先將行李全部搬上！）

割れる（自動詞）；割る（他動詞）

1. ケータイが落ちて、割れてしまいました。
   【失敗的經驗】（手機掉下來，破損了。）

2. ケータイを落として、割ってしまいました。
   【①失敗。②強調破損的結果。】（手機掉下來，破損了。）

消える（自動詞）；消す ⇒（他動詞）

1. 読書中に 電気が 消えてしまった。
   【婉惜的結果】（正在看書時燈熄了。）

2. （夫が）読書中に、（私はつい）電気を 消してしまった。
   【①自己的失敗經驗。②強調在看書時關燈的結果。】
   （『老公』在看書時，『我不小心』把燈關了。）

Note

PART 3

自動詞、他動詞例句

這個章節中,我們將外形、意思相近的「自動詞」「他動詞」詞組(**自他對應動詞**)的各式形態列舉出來:

以下就以「**自他對應動詞**」的規則分組,列舉出應用例句。學習者在使用本書時首先先把「自-aる/他-eる、自-れる/他す、る」等等規則記到腦袋裡,接下來利用MP3 做跟讀反覆練習,記憶純熟後就可以像日本人一般運用自如。

GROUP A

―aる ⋯⋯ ?

A-1 自 -aる 他 -eる

上（あ）がる／上（あ）げる	決（き）まる／決（き）める	連（つら）なる／連（つら）ねる
挙（あ）がる／挙（あ）げる	極（きわ）まる／極（きわ）める	止（と）まる／止（と）める
温（あたた）まる／温（あたた）める	加（くわ）わる／加（くわ）える	停（と）まる／停（と）める
暖（あたた）まる／暖（あたた）める	下（さ）がる／下（さ）げる	留（と）まる／留（と）める
集（あつ）まる／集（あつ）める	定（さだ）まる／定（さだ）める	泊（と）まる／泊（と）める
改（あらた）まる／改（あらた）める	仕上（しあ）がる／仕上（しあ）げる	始（はじ）まる／始（はじ）める
受（う）かる／受（う）ける	静（しず）まる／静（しず）める	早（はや）まる／早（はや）める
薄（うす）まる／薄（うす）める	鎮（しず）まる／鎮（しず）める	広（ひろ）がる／広（ひろ）げる
埋（う）まる／埋（う）める	閉（し）まる／閉（し）める	深（ふか）まる／深（ふか）める
植（う）わる／植（う）える	締（し）まる／締（し）める	ぶつかる／ぶつける
治（おさ）まる／治（おさ）める	備（そな）わる／備（そな）える	ぶら下（さ）がる／ぶら下（さ）げる
収（おさ）まる／収（おさ）める	染（そ）まる／染（そ）める	曲（ま）がる／曲（ま）げる
納（おさ）まる／納（おさ）める	助（たす）かる／助（たす）ける	混（ま）ざる・混（ま）じる／混（ま）ぜる
修（おさ）まる／修（おさ）める	溜（た）まる／溜（た）める	交（ま）ざる・交（ま）じる／交（ま）ぜる
終（お）わる／終（お）える	貯（た）まる／貯（た）める	交（まじ）わる／交（まじ）える
掛（か）かる／掛（か）ける	掴（つか）まる／掴（つか）まえる	まとまる／まとめる
重（かさ）なる／重（かさ）ねる	捉（つか）まる／捉（つか）まえる	見（み）つかる／見（み）つける
固（かた）まる／固（かた）める	捕（つか）まる／捕（つか）まえる	儲（もう）かる／儲（もう）ける
変（か）わる／変（か）える	伝（つた）わる／伝（つた）える	休（やす）まる／休（やす）める
代（か）わる／代（か）える	繋（つな）がる／繋（つな）げる・繋（つな）ぐ	和（やわ）らぐ／和（やわ）らげる
替（か）わる／替（か）える	詰（つ）まる／詰（つ）める	弱（よわ）まる／弱（よわ）める
換（か）わる／換（か）える	強（つよ）まる／強（つよ）める	

PART 3

001

自 上がる / 他 上げる
- 上,登。提高
- 使升高。抬起。提高

Group A
A-1

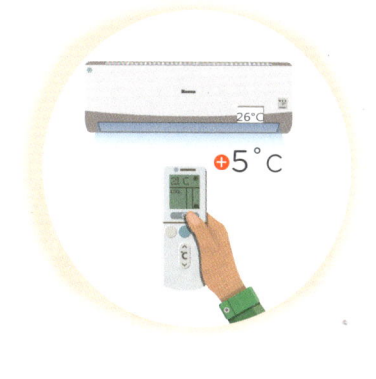

自 -a る
↓
他 -e る

温度が上がる　　　温度を上げる

- 部屋の温度が上がりました。房間的溫度升高了。
- 子供が2階へ上がっていきました。小孩爬上2樓去了。
- 私の部屋は、階段を上がってつきあたりの部屋です。
  我的房間就是上樓後走到盡頭的那間。

- 部屋の温度を上げました。將房間的溫度調高了。
- 荷物を全部2階へ上げてください。請把行李全部拿到2樓。

> 以「-aる」結尾的動詞多是「自動詞」。這個形態的規則性最高，可以說非常高比例的「-aる」自動詞，改成「-eる」就變成他動詞。
>
> 但是也有例外，像是「教わる」是他動詞；還有「預ける」是他動詞，「預かる」也是他動詞。

挙がる（自） 挙げる（他）

- 舉起，提高；被推舉
- 舉起；舉行…儀式

手が挙がる　　　　　　　　手を挙げる

- 手が挙がりました。手舉起來了。
- 彼は次期大統領候補に挙がっているそうです。
  聽說他被推舉為下屆總統候選人。

- 手を挙げました。把手舉起來了。
- お金がないので、結婚式を挙げることができません。
  因為沒錢，所以無法舉行結婚典禮。

PART 3

Group A
A-1

自 -aる
↓
他 -eる

003

| 自 温(あたた)まる | 他 温(あたた)める |

- （身體、物品…）暖，暖和；感到心情溫暖
- 使…溫暖；把…加熱

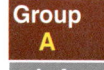

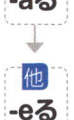

体が温まる 　　　　　　　　　体を温める

- 体(からだ)が温(あたた)まります。身體溫暖。
- お風呂(ふろ)に入(はい)って体(からだ)が温(あたた)まった。泡了澡，身體暖呼呼！

- 温(あたた)かい飲(の)み物(もの)を飲(の)んで体(からだ)を温(あたた)めます。喝了熱飲，把身體溫暖起來。
- スープを温(あたた)めておきました。我把湯熱好了。

004

| 自 暖(あたた)まる | 他 暖(あたた)める |

- （場所、空氣…）暖和
- 溫，熱，弄暖

- 部屋(へや)が暖(あたた)まってきました。房間暖和起來了。

- 部屋(へや)を暖(あたた)めましょう。將房間弄暖和吧！

29

005

| 自 集まる（あつ） | 他 集める（あつ） | ・集合，集中；聚集
・召集，募集；收集 |

募金が集まる　　　　　　　募金を集める

- 募金がたくさん集まりました。募款募了很多。
- 多くの若者が会場に集まったそうです。聽說很多年輕人聚集在會場。

- 募金をたくさん集めましょう。多收集些募款吧！
- 学生を集めて就職説明会を行います。集合學生舉行求職說明會。

改まる（自） / 改める（他）

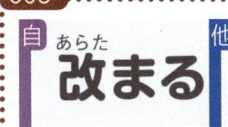

- 改變，改善，革新
- 更改，修改，端正

体制が改まる　　　　　法律を改める

- 会社の体制が改まって、雰囲気もよくなりました。
  公司的體制改變，氣氛也變好了。
- 日米同盟に対する認識が改まるでしょう。
  對日美同盟的認知會改變吧！

- 間違いを改めなければなりません。有必要修改錯誤。
- 法律を改める必要があると思います。我認為法律有必要更新。
- 彼と話して、私はこれまでの考えを改めました。
  跟他談過後，我的想法改變了。

007

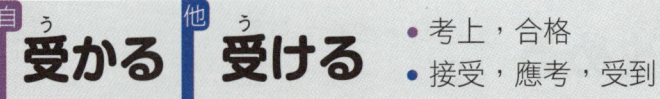

自 受かる	他 受ける
• 考上，合格	• 接受，應考，受到

JLPT が受かる　　　　　　　　JLPT を受ける

- 現役で国立大学に受かりました。應屆就考上國立大學。
- JLPTのN1に受かった後、留学するつもりです。
  JLPT的N1合格後，打算留學。

- 国立大学を受けるつもりです。打算考國立大學。
- 私が電話を受けました。我接了電話。

PART 3

008

| 自 薄まる | 他 薄める | ・變淡，變淺，變稀薄；變低
・弄稀薄，弄淡，使…變淺 |

Group A
A-1

自 -aる
↓
他 -eる

味が薄まる　　　　　味を薄める

- ペンキの匂いがやっと薄まった。油漆的氣味總算變淡了。
- 煮込む時間が長いと香りが薄まる。燉煮的時間一長，香味就會變淡。
- 固定電話の必要性が薄まっている。家用電話的必要性變低。

- もっと味を薄めてください。請將味道再弄淡一點。
- 少し色を薄めると、やさしい感じの絵になる。
  把顏色弄淺一點的話，就變成有柔和感的畫了。

| 自 埋まる | 他 埋める | ・埋著；場所擠滿；填補
・（用…）掩埋，填上；使某場所擠滿；填補… |

タイムカプセルが埋まる　　　タイムカプセルを埋める

- ここに古代遺跡が埋まっています。這裡埋著古代遺蹟。
- 大雪に埋まって、何も見えません。被大雪埋著，什麼也看不見。
- 球場もファンでぎっしり埋まっている。
  球場也擠滿了球迷。
- ボーナスで家計の赤字が埋まる。用獎金來填補家庭經濟的赤字。

- ここに燃えないゴミを埋めます。這裡要掩埋不可燃垃圾。
- 土砂が川を埋めてしまった。土砂石將河川填埋起來了。
- 約200人のファンが観客席を埋めた。約200人的歌迷坐滿了觀眾席。
- 余白をイラストで埋める。用插圖填補空白。

PART 3

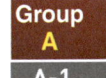

Group A / A-1

010

| 自 植わる | 他 植える | • 栽種著
• 種植 |

自 -aる → 他 -eる

木が植わる　　　　　　木を植える

- たくさんの植物(しょくぶつ)が植わっている。栽種著很多樹。
- 公園(こうえん)には桜(さくら)の木(き)が植わっています。公園栽種著櫻花樹。

- たくさんの木(き)を植えている。種植著很多樹木。
- 畑(はたけ)に野菜(やさい)の苗(なえ)を植えるつもりです。打算在菜園種植菜苗。

35

011

| 自 治まる（おさ） | 他 治める（おさ） | ・安定，平靜
・治理，減輕（疼痛，症狀） |

国が治まる 　　　　　　　　国を治める

- 戦争が終わり、ようやく国が治まった。戰爭結束，國家終於安定了。
- 台風が去って、風も治まりました。颱風遠離，風也平靜了。

- 王様が国を治める。國王治理國家。
- 痛みを治める薬を飲みました。服用可以止痛的藥。

012

自 収まる　他 収める
- 收納，容納，復原
- 取得，收納，收拾

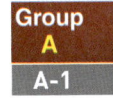

おもちゃが収まる　　　おもちゃを収める

- 会議の資料がファイルに収まっています。資料被收放在資料夾。
- おもちゃが箱に収まっています。玩具收在箱子裡。

- 資料をファイルに収めます。將資料收到資料夾。
- 荷物をすべて部屋に収めます。將行李全部收到房間。

013

自 おさ	他 おさ
納まる	**納める**

- 繳納，納入
- 繳納，接受，結束

税金が納まる　　　　　　税金を納める

- 全員の会費がまだ納まっていません。全部會員的會費還沒繳。

- 税金を納めます。繳納稅金。
- 参加の方は年会費を1000円納めてください。
  参加者請繳納一千日圓年費。

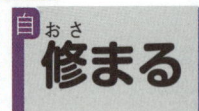

014

自 おさ	他 おさ
修まる	**修める**

- 鑽研，修養，改好（改邪歸正）
- 端正，學習

- しだいに素行が修まってきた。漸漸的改邪歸正了。

- 2年の学業を修めました。修了2年的學業。

PART 3

Group A / A-1

自 **終わる**[1]　他 **終える**
- 完畢，終了，結束
- 做完，完成，使…結束

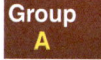

自 -aる → 他 -eる

授業が終わる　　　　　授業を終える

- さっき授業が終わりました。課剛結束。
- 旅が終わって帰国しました。旅程結束回國了。
- 大型プロジェクトの仕事が来週終わる。大型企劃工作將於下禮拜結束。
- 残念ながら実験は失敗に終わった。很遺憾的，實驗以失敗作收。

- 早めに授業を終えるつもりです。打算早一點結束課程。
- 旅を終えて帰国しました。結束旅程回國了。

---

[1] 「終わる」也可作他動詞，但是此用法比較古老，目前大部分為「終える」所取代。

例：「放送を終わります」（將廣播結束。）

同樣的，字典雖然列入「終える」的自動詞表現，但是此用法古老，目前已經被「終わる」取代。

自 掛かる | 他 掛ける

- 懸掛；（時間、金錢）花費；蒙蓋在其他東西上；水等濺上、淋上；（引擎）發動；受到影響
- 懸掛…、垂掛…；花費（時間。金錢）；將…蓋上；澆上…、淋上…；發動（引擎）；使受到…影響

絵がかかる　　　　　　　絵をかける

- 壁に絵が掛かっています。牆壁上掛著畫。
- 通勤は2時間もかかります。通勤花了2個小時。
- 椅子に白いカバーが掛かっている。椅子上罩著白色的罩子。
- ズボンに水がかかった。水濺到（我的）褲子。
- エンジンがかかった。引擎發動了。

PART 3

Group A
A-1

自 -aる → 他 -eる

● 約束を守らないと相手に迷惑がかかる。
不遵守約定的話，會造成對方的困擾。

● 壁に絵を掛けましょう。
把畫掛在牆壁上吧！

● 時間をゆっくりかけて話し合いましょう。
花時間慢慢協商吧！

● 本にカバーを掛ける。
幫書包上書套。

● 醤油をかけて召し上がってください。
請淋上醬油吃。

● 急ブレーキをかけた。
踩緊急煞車。

● 先生に心配をかけた。
讓老師擔心了。

017

| 自 重なる（かさなる） | 他 重ねる（かさねる） | ・重疊；重複
・疊放；再次，反覆 |

本が重なる 　　　　　　　　　本を重ねる

- 机の上に本が重なっています。桌上疊放著書。
- 二つの影が重なっている。兩個影子重疊在一起。
- 彼の人生には幾多の苦労が重なった。他的人生飽受各種的辛苦。
- 重なる不運に落ち込んだ。由於接連的不幸而心情低落。

- 机の上に本を重ねておきました。將書疊放在桌上。
- 彼は苦労を重ねて成功を掴んだ。他吃了很多苦後終於成功了。

018

自 かた	他 かた
固まる	固める

- 凝固，變硬；鞏固
- 使…凝固；使…堅定、堅定

Group A
A-1

自 -aる
↓
他 -eる

チョコが固まる　　チョコを固める

- コンクリートが固まりました。水泥凝固了。
- 雨降って地固まる。
  （慣用語）雨後地面變硬。（喻不打不相識；糾紛之後反而變好事。）
- 新製品がヒットして、会社の基盤が固まった。
  新產品大受歡迎，公司的基礎穩固了。

- ゼリーを冷やして固めます。將果凍冷卻凝固。
- 結婚の意志を固めたそうです。聽說堅定了結婚的意志。
- 会社を辞めて独立する決意を固めた。
  他把工作辭掉，決意獨立（自己做）。

019

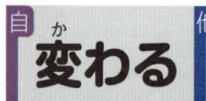

| 自 **変わる** | 他 **変える** | ・變化，轉變（事物的狀態、性質變不一樣）
・改變 |

髪型が変わる 　　　　　　　　髪形を変える

- 急に天気が変わりました。天氣突然變了。
- 手紙を見て、彼の顔色が変わりました。他看了信，臉色大變。
- 雨が雪に変わりました。雨變成雪。
- 電話番号が変わっています。電話號碼改了。

- 髪型を変えてみようと思います。想試試改變髮型。
- ベッドの位置を変えたら、部屋が広くなった感じがします。
改變一下床的位置，結果感覺房間變大了。
- 突然の知らせに、母は顔色を変えました。
因為突然的通知，媽媽臉色大變。
- 暖かい南からの風が雪を雨に変えました。
南方來的暖風把雪變成了雨。

PART 3

020

| 自 代わる | 他 代える[1] | ● 取代，代替
● 改換，代替 |

Group A
A-1

自 -aる
↓
他 -eる

社長に代わる　　　社長に代える

- 社長に代わって私がご挨拶いたします。我代替社長致詞。
- 本人に代わって戸籍証明などを請求できますか。
  可以代替本人申請戶籍證明嗎？

- ご挨拶に代えて、一言申し上げます。我來講幾句話代替致詞。
- 命に代えてもお守りします。就算是用性命來換，我也會保護（你）。

---

[1]「変わる・代わる・替わる・換わる」的漢字不同，意思也有差異。「**変わる**」：改變狀態、移動場所…；「**代わる**」：取代～的作用；「**替わる**」：交替；「**換わる**」（其他物品）交換。

45

021

自 替(か)わる・換(か)わる　　他 替(か)える・換(か)える

- 更換，替換（新的）
- 換，換成

タオルが換わる　　　　　タオルを換える

● 日本(にほん)では4月(がつ)から会計年度(かいけいねんど)が替(か)わります。
  在日本從4月起是會計年度的替換。

● 先(さき)ほど買(か)ったネクタイ、やっぱり別(べつ)の色(いろ)に換(か)えたいんですが…。
  剛才買的領帶想換成別的顏色。

● 台湾元(たいわんげん)を日本円(にほんえん)に替(か)えます。把台幣換成日幣。

● 試験(しけん)をレポートに替(か)える。考試換成交報告。

● タオルを新(あたら)しいものに換(か)えてください。請換新的毛巾。

PART 3

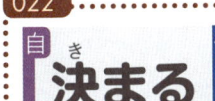

022

| 自 決まる | 他 決める ❶ | ・決定；規定
 ・決定…；斷定，約定 |

Group A
A-1

自 -aる
↓
他 -eる

3時からと決まる　　　3時からと決める

- 学級委員は太田さんに決まりました。太田被選為班長。
- 試験は、来週木曜日10時からと決まった。
  考試定於下周四的十點開始。
- 引っ越し先が、まだ決まっていない。要搬到哪裡，還沒有確定。

- 今年度の目標売上金額を決めようと思います。
  想決定今年度的銷售金額目標。
- 自分でケーキを作ることに決めた。我決定要自己做蛋糕。
- （私は）いつ出発するかまだ決めていない。
  （我）還沒決定要什麼時候出發。

---

❶「決まる」「決める」還有一些慣用表現，如：

a（「…に決まっている」的形式）一定：

b（「…に決めている」的形式）不變的習慣。

- そんなことを言ったら、だれでも怒るに決まっている。（說那種話，任誰都會生氣的。）
- 朝食はパンに決めている。（早餐習慣吃麵包。）

023

| 自 極まる | 他 極める | ・極其，至極，極限
・極盡，使⋯達到極致 |

技が極まる　　　　　　　技を極める

- 彼女は感極まって、泣き出してしまいました。她感慨至深，哭了出來。
- ぜいたく極まる食材を使った料理だ。用極其奢侈的食材做的料理。
- 相変わらず二人の言い分が対立したままで、進退極まった。
  他們兩人還是意見對立，進退兩難。

- 技術を極めた職人の技を披露します。展露技術極致的職人的技能。
- 口をきわめてほめる。滿口稱讚。

024

自 加わる	他 加える

- （程度、數量）加入；增加
- （程度、數量）加上；給予

スタッフが加わる　　　　スタッフを加える

- 今日から新しいスタッフが加わりました。今天起有新的員工加入。
- かぼちゃを入れると、甘みが加わる。加入南瓜後，就添加了甜味。
- 雨に風も加わって、寒い一日だった。雨再加上風，真是寒冷的一天。

- 味が薄いので、少し塩を加えてみてください。
味道有點淡，加點鹽試看看。
- 炒めながら少しだし汁を加える。邊炒邊加上少許的高湯。
- 新幹線は徐々に速度を加えた。新幹線慢慢地加速。

025

下がる（自） ｜ 下げる（他）

- （向低處移動）下降；退後；降低；向下方垂掛
- （將…）調低；將…往後移動；使降低；使…向下垂掛

温度が下がる　　　　　温度を下げる

- エレベーターで5階から3階に下がった。坐電梯從五樓下到三樓。
- ダムの水位が下がっている。水庫的水位下降。
- 株価が下がった原因を調べています。調查股票下跌的原因。
- 急に気温が下がった。氣溫突然下降。
- もう少し後ろに下がってください。請再往後退一點。
- あの店は「準備中」の札が下がっている。
  那家店掛著「準備中」的牌子。

- この商品は値段を、もっと下げた方がいいんじゃないですか。
  這個商品的價格再降低一點是不是比較好？
- 暑いので、エアコンの温度を少し下げました。
  因為很熱，將冷氣的溫度調低了。
- こちらのお皿を下げてもよろしいでしょうか。可以幫您收盤子嗎？
- 店のドアに「営業中」の札を下げる。在店門上掛上「營業中」的牌子。

自 定まる ｜ 他 定める

- 制定，確定，規定
- 訂定，規定

方針が定まる　　　　　　方針を定める

- 政府の基本方針がまだ定まっていません。政府的基本方針尚未確定。
- ようやく出張の日程が定まりましたので、お知らせいたします。
出差的日程終於確定了，特此通知您。

- 法律で国民の祝日を定めています。以法律制定國民的節日。
- 次の開拓市場として、東アジアに狙いを定めたそうです。
聽說決定以東亞為下一個開發的市場。

仕上がる（自） 仕上げる（他）

- 做完，完成
- 將…完成

仕事が仕上がる 　　　　　仕事を仕上げる

- クリーニングは今日中に仕上がりますか。衣物乾洗今天會洗好嗎？
- 皆様の努力で、すばらしい作品が仕上がりました。
  因為大家的努力，所以做出很好的作品。

- この仕事、何とか1週間で仕上げてくれませんか。
  可以請你無論如何在一週內完成這項工作嗎？
- 彼は夏休みの宿題を、早々に仕上げてしまいました。
  他很早就把暑假作業做完了。

PART 3

Group A / A-1

自 -aる → 他 -eる

自 静まる | **他 静める**①
- 平靜，安靜，平息
- 使…平靜，使…安靜

心が静まる 　　　　　　　心を静める

● 会場の観衆は静まりかえっています。會場的觀眾一片鴉雀無聲。
● 彼はなかなか怒りが静まらない様子です。他遲遲無法平息怒氣。

● 騒いでいる学生を静めてから、授業を始めます。
　讓喧鬧的學生安靜後，開始上課。
● 目を閉じて、気持ちを静めてください。請閉上眼睛讓心情平靜。

---

① 「**静まる**」是自然而然平靜，而下一頁的「**鎮まる**」則是大力作為後平息。

53

| 自 鎮まる | 他 鎮める | ・平定，平息，止住（疼痛）
・平定，鎮息

頭痛が鎮まる　　　　　　　頭痛を鎮める

- 頭痛がなかなか鎮まりません。頭痛遲遲無法止痛。
- 大きな被害を出さずに内乱が鎮まった。
  沒有傳出重大災害，內亂就平息了。

- 頭痛を鎮める方法を教えてください。請告訴我止頭痛的方法。
- 反乱する民衆を鎮めることが先決です。平定暴動的民眾是首要之舉。

PART 3

030

自 閉まる	他 閉める

- 關閉，關門；停止營業
- 關閉，合上，關門；使停止營業

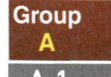

Group A
A-1

自 -aる
↓
他 -eる

ドアが閉まる　　　　　　ドアを閉める

- 部屋の窓はすべて閉まっていました。房間的窗戶全部關上了。
- ドアは自動的に閉まります。門會自動關上。
- 店に行ってみたところ、今日は閉まっていました。
去了商店，今天卻沒營業。

- 寒いので、窓を閉めてくれませんか。很冷，請關上窗戶好嗎？
- 静かにドアを閉めましょう。安靜地將門關上。
- すべての窓やドアが閉めてあるかを確認してください。
請確認所有的門窗是否關好。
- 今日は店を早めに閉めましょう。今天店早一點打烊吧！

| 自 締まる | 他 締める | ・扭緊，勒緊
・綁緊，繫，束緊 |

ネクタイが締まる　　　ネクタイを締める

- 瓶の蓋は固く締まっています。瓶蓋緊緊拴好。
- ねじが締まっているか、確認してください。請確認螺絲是否拴緊了。
- このシャツは首が締まって苦しい。這件襯衫讓脖子繃得緊緊的，很難過。

- 靴紐をしっかり締めてください。請將鞋帶綁緊。
- 黒のネクタイを締めましょう。繫黑色的領帶吧！
- 着物を着て帯を締めると、しとやかになる。
  一穿上和服，綁上腰帶，舉止就變得很優雅。

PART 3

032

自 そな	他 そな	
備わる	備える	・具有，俱備，設有；準備
		・備有，俱備；準備…

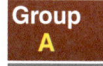

Group A / A-1

自 -aる
他 -eる

パソコンが備わる　　　　パソコンを備える

- パソコンや音響設備が備わった教室で、授業をします。
  在電腦或音響設備齊備的教室上課。

- 東京は各種の公共施設が備わった都市だ。
  東京是各種公共設施俱全的都市。

- 美に対する感性は、生まれつき備わっているものではない。
  對美的感受力，並不是天生就具備的。

- 最近は多機能を備えた家電製品が人気です。
  最近具備多功能的家電產品很受歡迎。

- 就職に有利な資格を備える。具備對找工作有利的（證照）資格。

- 万が一のために各家庭でも消火器を備える。
  為預防萬一，每個家庭都必須準備滅火器。

- 試験に備えて一生懸命勉強する。為了準備考試，拼命地念書。

033

| 自 染まる | 他 染める |
- 染，著色；受影響
- 染色；沾染

髪が染まる　　　髪を染める

- 夕日で西の空が赤く染まっています。夕陽將西邊的天空染紅了。
- この布はきれいに染まっている。這塊布染得很漂亮。
- 長く住んでいると、その土地の風習に染まるものだ。
住久了以後，就染上當地的風俗習慣。

- 髪の色を茶色に染めてみました。試著將頭髮染成棕色了。
- 4月になると、たくさんのツツジが山をピンク色に染める。
到了四月許多的杜鵑花把山染成一片粉紅。
- 失業した彼は悪事に手を染めた。失了業的他，開始做壞事。

助かる｜助ける

- 得救，脫險、免於…災難；有幫助、輕鬆
- 援救，拯救，幫忙，協助

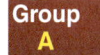

人が助かる 　　　人を助ける

● 消防隊員の活躍で多くの被災者が助かった。
　消防人員的努力讓很多受災的人得救。

● 案内してくれたおかげで、助かりました。
　因為你的引導，幫我很大的忙。

● おかげで助かりました。　多虧您（的協助），我得救了。

● これからも被災者を助ける活動を続けていきます。
　今後還是要持續幫助受災者的活動。

● 仕事はお互い助け合って、協力してください。
　工作請互相幫助，同心協力。

● 大学に通いながら働いて家計を助ける。　邊上大學邊工作幫助家計。

59

035

| 自 溜まる | 他 溜める❶ | ・堆積…；累積，積壓
・積存…；積，蓄，累積… |

仕事が溜まる　　　　　　　仕事を溜める

- 仕事が溜まっているので、今日は残業します。
  工作積了很多，今天要加班。
- ときどき気分転換をして、ストレスが溜まらないようにしています。盡量常常轉變心情，不讓壓力累積。

- バケツに水を溜めてください。請在水桶貯放水。
- ストレスを溜めないように、時には気分転換も必要ですよ。
  為了不讓壓力累積，偶爾需要轉換心情。

❶「溜まる／溜める」是指事物上的累積；「貯まる／貯める」則是指金錢上的積存。

PART 3

Group A
A-1

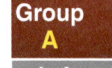

自 -aる
↓
他 -eる

036

自 貯まる	他 貯める
（金銭…）積存	儲存（金錢…）

● 2年の定期預金で100万円貯まりました。
以2年的定期存款存了100萬日圓。

● ボーナスは使わずに、貯めておきます。
獎金沒有花用，存起來。

037

自 掴まる・捉まる	他 掴まえる・捉まえる[1]
緊緊抓住；叫住（人、）	抓住…；掌握…

● 看護師の肩につかまって廊下を歩いている。
搭著護士的肩在走廊上行走。

● 雨の日にはタクシーがなかなかつかまらないです。
下雨天很難攔得到計程車。

● 聴衆の心をしっかりとつかまえた。
緊緊抓住聽眾的心。

[1]「掴まる」還有另一組「自他對應動詞」：「つかまる⇔つかむ」。「**つかむ**」是「用手緊緊抓住」的意思；「**つかまえる**」也是「抓住」的意思，但是有「抓住某物支撐身體」的意思。

| 自 **捕まる** | 他 **捕まえる** | ・（逃離的人、動物等）被抓住，被捕獲
・抓住，捕（逃離的人、動物等） |

犯人が捕まる 　　　　　　犯人を捕まえる

- 犯人はようやく捕まったそうです。聽說犯人終於被逮捕了。
- 小鹿は逃げ切れず、ライオンに捕まってしまいました。
  小鹿來不及逃走，被獅子抓到了。

- 警察は犯人を捕まえました。警察抓著犯人了。
- 海で捕まえた魚を、その場で調理してくれました。
  在海上抓到的魚，當場就幫我料理了。

PART 3

Group A
A-1

自 -aる
↓
他 -eる

| 自 伝わる | 他 伝える | ・相傳，流傳；傳播；（物理作用）傳導
・相傳…；傳達…，轉告；（物理）傳導… |

うわさが伝わる　　うわさを伝える

● この地域に伝わる伝統行事を紹介します。
　介紹這個區域所流傳的傳統活動。

● 彼についての悪いうわさが伝わっています。
　有關他的不好流言傳開了。

● 隣の部屋の物音が伝わってきた。隔壁房間的聲音傳了過來。

● 先人から伝えられた技術を、守り続けていきます。
　將祖先傳下來的技術持續守護下去。

● 先生からの指示を、みんなに伝えます。
　將老師所下達的指示傳達給大家。

● 銅は熱をよく伝える。銅非常容易傳導熱。

63

040

繋がる（自）｜ 繋げる・繋ぐ（他）

- 連接，連結；關連，牽連；（無法切斷）延續
- 使…連接；使有關連；延續…

手と手が繋がる　　　　手と手を繋げる

- 本州と四国は、瀬戸大橋で繋がっています。
  本州和四國之間以瀨戶大橋連結。
- 彼の努力が合格に繋がったのだと思います。
  我認為是因他的努力才能合格的。
- 電話がようやく繋がりました。電話終於接通了。

- その年、本州と四国を繋げる瀬戸大橋の建設工事が着工した。
  那一年，本州和四國之間以瀨戶大橋連結的工程動工了。
- 今回の成功を、次のチャンスに繋げていきたいです。
  希望這次的成功，能促成下次的機會。
- 子供の手を繋いで、横断歩道を渡ります。和小孩牽手走過斑馬線。
- 犬を散歩するときは、首輪とリードでしっかり繋いでください。
  帶狗散步時項圈和狗鍊要繫好。

PART 3

Group A / **A-1**

自 -aる → 他 -eる

041

| 自 詰まる | 他 詰める |
- 塞滿,堵塞;縮短
- 塞滿…,裝滿…;縮短(小)

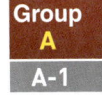

おせち料理が詰まる　　　おせち料理を詰める

- 今日は朝から予定が詰まっています。今天從早上開始行程就很滿。
- 水道管が詰まって、水が流れません。自來水管堵住了,水無法流。
- 衣類は素材によって、洗ったあとに丈がつまることがあります。
依材料的不同,水洗後有可能會縮水。

- 仕事の日程を詰めて、納期を早めてください。
請縮短工作的日程,提早交貨的日期。
- 重箱におせち料理を詰めています。年菜盒內裝滿年菜。
- ズボンの丈をつめてほしいですが…。我想請你將褲子的尺寸改小。

042

| 自 強まる | 他 強める | ・變強烈起來
・加強…，增強 |

火が強まる　　　　　　火を強める

- 台風の影響で、風がだんだん強まっている。
  受到颱風的影響風漸漸變強了。
- 野党からの反対意見が強まることが予想されます。
  預測在野黨的反對意見會變激烈。
- 周囲の圧力が強まっている。周圍的壓力加大。

- 具材を鍋に入れたら、少し火を強めてください。
  材料放入鍋內後，請將火稍加大些。
- 党内の結束を強めて、税制改革を推し進めます。
  加強黨內的團結，推進稅制改革。
- ビタミンCは免疫力を強める効果があります。
  維他命C具有加強免疫力的效果。

043

連なる(自) | 連ねる(他)

- 連綿，成列；列席，參加
- 連接，使連結成列；參加

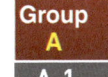

山々が連なる　　　軒を連ねる

- ここから3000m級の山々が連なって見えます。
  從這裡可以看到3000公尺以上的高山連綿。
- 高速道路には車が連なっていて、しばらく動きそうにありません。高速公路車陣連綿，看起來短時間內是動彈不得。

- この界隈は老舗の店が軒を連ねています。
  這一帶老店鱗次櫛比。
- あの店の顧客には、有名人が名を連ねているそうです。
  那家店的顧客中名人也名列其中。

044

自 止まる・停まる | 他 止める・停める

- （不動了）停止，停頓；停著，停留，止於
- 使停止；停放…；關閉，讓…停下

エンジンが止まる　　　　　エンジンを止める

- 故障で車のエンジンが止まってしまいました。
  因故障車子的引擎熄火了。
- 駐車場に車がたくさん停まっています。停車場停著許多車子。
- 会社の成長が止まっている。公司的成長停止了。

- 停車中は車のエンジンを止めてください。停車時請將車子引擎熄火。
- あそこの駐車場に車を停めます。車子停在那裡的停車場。
- 水中で息を止めるのは1分10秒が限界です。
  在水中憋氣，1分10秒是（我的）極限。

留まる (自) / 留める (他)

- （固定住）釘住、夾住；（關心）注意、留下
- 固定…；關心）留意…

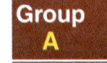

髪が留まる 　　　　　髪を留める

- 前髪がピンで留まっている。用夾子夾住長髮。
- 彼のすばらしい演技が、監督の目に留まりました。
  他精湛的演技引起導演的注意。

- 子どもの絵を画鋲で壁に留めた。用圖釘將小朋友的圖畫釘在牆壁上。
- 先輩のアドバイスを耳に留める。將前輩的建議放在心上。
- テレビの画面にふと目を留めると、懐かしい風景が映っていました。不經意的看了電視畫面，令人懷念的風景映入眼簾。

🎧 046

泊まる[自]と　泊める[他]と
- 投宿，住宿；停泊
- 給他人提供住宿，留宿；讓船停泊

船が泊まる　　　　　　　船を泊める

- 今日はこの近くのホテルに泊まる予定です。今天預定住宿附近的飯店。
- 大型の船が港に泊まっている。大型船停泊在港口。

- 親戚の家に一晩泊めてもらいました。在親戚家住宿一晚。
- 友人を家に泊めたくないです。不想讓朋友留宿在我家。
- 新しい港は大型の船を泊めることができます。
  新的港口可以讓大型船隻停靠。

PART 3

Group A / A-1

自 **始まる** | 他 **始める**
- 開始，發生，起源
- 開始…；開創

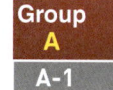

自 -aる → 他 -eる

授業が始まる   授業を始める

- あと5分で授業が始まります。還有5分鐘課就開始了。
- 授賞式は何時から始まりますか。頒獎典禮幾點開始？

- 時間になりましたので、授業を始めます。
  時間到了，開始上課了。

- この仕事を始めたばかりで覚えることもたくさんあります。
  剛開始這份工作，要學的東西很多。

- 新しい事業を始めようと思っています。
  打算開創新的事業。

| 自 早まる | 他 早める | ・提早；倉促
・提前…；加速，催促 |

時間が早まる　　　　　時間を早める

- この調子だと、仕上がり期日は二、三日早まりそうです。
  照這個情況，看起來可以提早兩天完工。
- 来月から終業時間が15分早まります。
  下個月開始下班時間提早15分鐘。

- 納期は二、三日早められそうですか。
  交貨日期有可能提前兩三天。
- 睡眠不足は肌の老化を早める原因の一つです。
  睡眠不足是肌膚提早老化的原因之一。

049

自 ひろ 広がる	他 ひろ 広げる

- （幅度、面積…）變寬，拓寬；擴展；蔓延
- 使變寬；使…擴展，拓展

Group A / A-1
自 -aる → 他 -eる

道路が広がる　　　　道路を広げる

- 工事が終わり、駅前の道路が広がりました。
  工程完成後，車站前的路變寬了。
- 霧が晴れると、急に視界が広がります。霧散了之後，突然視野變好了。
- 伝染病がすごい勢いで広がった。傳染病以驚人的速度擴散。

- 来週から道路を広げる工事が始まります。下週起開始道路拓寬工程。
- もっと勉強して、視野を広げていきたいです。想再唸書拓展視野。

050

自 深まる | **他 深める**
- 加深，變深
- 加深，加強

知識が深まる　　　知識を深める

- この本のおかげで、専門知識が深まりました。
  因為這本書而加深了專業知識。
- 子供ができて、家族の愛情が深まった気がします。
  感覺有了小孩之後加深了家人之間的感情。
- 徐々にアジア文化に対する理解が深まっていきます。
  慢慢地對亞洲文化有更為深入的了解。

- 専門書を読んで、知識を深めるつもりです。
  打算閱讀專門書籍，加深知識。
- 留学生のパーティーで異文化交流を深めましょう。
  在留學生的聚會上加深異國文化的交流。

PART 3

051

| 自 ぶつかる | 他 ぶつける | ・碰撞；衝突，對立；遭遇，碰到
・撞上…；提出質問；使遭遇… |

Group A
A-1
自 -aる
↓
他 -eる

頭がぶつかる 　　　頭をぶつける

- 天井が低くて、頭がぶつかってしまうほどです。
  天花板低矮到差一點撞到頭。
- 両者の意見がぶつかっています。兩者意見有了衝突。
- 社会人2年目のとき、仕事で壁にぶつかった。
  成為社會新鮮人第二年的時候，碰上了工作瓶頸。

- 急いでいて、ドアに頭をぶつけてしまいました。
  太急了，頭撞到門。
- 上司に仕事上の不満をぶつけても、仕方がありません。
  即使將工作上的不滿向上司質問也是沒有用的。
- あえて弱いチームを強いチームにぶつける。
  故意讓實力弱的隊伍迎戰強盛的隊伍。

052

| 自 ぶら下がる | 他 ぶら下げる | ・垂吊，掛
・掛…，提著…；佩帶 |

腕にぶら下がる　　　　　　　手にぶら下げる

- 子供が父親の腕にぶら下がって、遊んでいます。
  小孩吊在父親的手臂上玩。

- 枝には、たわわに実った葡萄がぶら下がっていました。
  樹枝上垂掛著結實纍纍的葡萄。

- 父はたくさんのお土産を手にぶら下げて、帰ってきました。
  爸爸雙手提滿著土產回來了。

- 雨が止むように、軒下にてるてる坊主をぶら下げます。
  屋簷下掛著晴天娃娃，期望雨停。

PART 3

053

自 曲がる	他 曲げる
• 彎曲；轉彎；（與道理、本意、事實…）不正
• 使扭轉、彎曲；扭曲…

Group A
A-1

自 -aる
↓
他 -eる

木が曲がる　　　　　　　　木を曲げる

● 雪の重みで木の枝が曲がった。由於雪的重量使得樹枝都彎了。

● この先で道が少し右に曲がっています。前面的路略微向右彎。

● 次の信号を左に曲がってください。請在下一個紅綠燈向左轉。

● 人の好意を無視するなんて、あいつは根性が曲がった奴だな。
漠視他人的好意，他真是個性格扭曲的傢伙。

● 生け花では、枝を少し曲げて形を整えます。
插花時會將枝幹稍微扭彎，以調整形狀。

● 事実を曲げて伝えることは、やめてください。請不要將事實扭曲傳播。

77

🎧 054

| 自 混ざる・混じる❶ | 他 混ぜる | ・摻雜，混雜
・混合… |

ミルクが混ざる　　　　ミルクを混ぜる

- 水と油は混ざりません。水和油無法混在一起。
- この子犬は、違う種類が混じった雑種犬です。
  這隻小狗是不同品種混出來的雜種狗。
- 大きさの違う紙が混ざっています。大小不一的紙混在一起。

- ミルクと砂糖をよく混ぜて、お飲みください。
  請將牛奶和砂糖仔細攪拌後再喝。
- 他の薬品を混ぜることは危険です。混雜服用其他藥品是危險的。
- 色の違う紙を混ぜて配ります。將不同顏色的紙混在一起發放。

---

❶「混ざる」「混じる」都是自動詞。「混ざる」指二者以上混為一體，如「コーヒーにミルクが混ざる」（咖啡裡混入牛奶。）；「混じる」則是「在已有的…中，摻雜入…」，如「大人たちの中に子どもが混じっている」（在大人們中混入了小孩。）

PART 3 | Group A | A-1

055

| 自 交じる・交ざる❶ | 他 交ぜる | ・夾雜，混雜
・混合，交雜 |

自 -aる → 他 -eる

女が交じる　　　　　　女を交ぜる

- 女の子の中に男の子が一人交じっています。女孩羣中夾雜一群男孩。
- 話すとき、ときどき故郷の方言が交じってしまいます。
  講話時，有時候會夾雜著鄉音。
- 私も話に交ざってもいいでしょうか。我可以加入談話嗎？

- いろいろな国籍の学生を交ぜて、グループを作りましょう。
  將各種國籍的學生混在一起分組吧！
- 日本語は漢字やひらがななどを交ぜて書き表します。
  日文是漢字或假名交雜在一起書寫表記的。

---

❶「まざる・まじる／まぜる」使用不同的漢字「交」「混」分別表示不同的意思。「混」表示融合為一體；「交」則是沒有融合，交錯、交雜之下仍分辨得出來混在其中的個體。
另外，「交じる」「交ざる」幾乎相同，只是「交ざる」的話，更難區別出其中的個體。

79

| 自 **交わる**　他 **交える** | ・交流，交會；交錯
・交流，摻雜；使交錯 |

人と交わる　　　　　人と交える

- 世界中の人と交わりたいです。
  想和世界上各種人交流。
- 国道と交わっている交差点を左折してください。
  請在和國道交會的十字路口向左轉。

- 先生を交えたお食事会を計画しています。
  在計畫著和老師交流的餐會。
- 個人的な感情を交えないで話してください。
  請談話時請勿摻雜個人的情感。

まとまる | まとめる

- （零散的聚集、統一）歸納，一致；談妥，解決
- （使零散的東西或事物聚集、統一）匯集，集中，整理；解決…，總結，整合

意見がまとまる　　　意見をまとめる

● 留学には、まとまったお金を用意する必要があります。
留學需要準備一筆錢。

● この美術館にはゴッホの絵がまとまって展示されている。
梵谷的畫都集中在這座美術館裡展示。

● ようやく商談がまとまりつつあるようです。協商總算逐漸在整合了。

● なかなか交渉がまとまらない。談判談不攏。

● 必要な資料をまとめて提出しなければなりません。
必須將需要的資料綜合整理後提出。

● 参加者の意見をまとめるには、もう少し時間がかかりそうです。
要將參加者的意見整合，好像需要花點時間。

● 社長は早く商談をまとめるように指示しました。
社長指示要及早達成協議。

🎧 058

| 自 見つかる | 他 見つける | ・找到，被發現
・發現…，看到…，找到… |

本が見つかる　　　　　　　本を見つける

- 探していた本が、やっと見つかりました。在找的書終於找到了。
- いい仕事が見つかればいいですね。能找到好的工作，真是太好了。
- タバコを吸っていたら、先生に見つかった。一抽菸就被老師發現。

- 探していた本を見つけたのは、この古本屋です。
是在這家舊書店找到想找的書。
- インターネットで仕事を見つけました。用網路找到工作。
- 不審なバイクを見つけたら、すぐ通報してください。
發現可疑的摩托車的話，請立即通報。

自 儲かる │ 他 儲ける

- 賺，賺錢；得到好處
- 賺錢，發財；獲得…好處

30万円ほど儲かる　　　　　30万円ほど儲ける

- 1ヶ月で30万円ほど儲かりました。一個月大約賺了30萬日圓。
- 不景気でも儲かるビジネスには、いくつか条件があります。
  即使不景氣也能賺錢的生意，需要有幾個條件。
- 免税店で買うと、もうかった感じがする。
  在免稅店買的話，感覺好像賺到了。

- 株の売買で100万円ほど儲けたそうです。
  聽說買賣股票賺到100萬日圓左右。
- 楽をして儲けようなんて、そんな甘い考えはやめたほうがいいよ。想輕輕鬆鬆就能賺錢的天真的想法，最好放棄吧！

---

❶「儲かる」、「儲ける」指的是做某事而得到利益等；「稼ぐ」是指認真工作賺得收入。

060

| 自 休まる | 他 休める | ・（身心得到休息）安心，放心，慰藉
 ・使…安心、休息；暫停 |

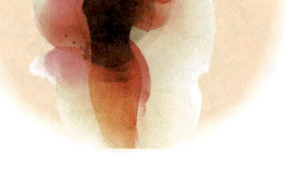

体が休まる　　　　　　　　　体を休める

- 子供のことが心配で、気が休まりません。擔心小孩的事，而無法安心。
- 心が休まるヒーリング音楽を聴きましょう。
  聽能使心靈平靜的療癒音樂吧！

- パソコン作業の合間に目を休める習慣をつけてください。
  請養成在電腦工作的空檔閉目養神的習慣。
- できるだけ仕事の手を休めないでください。工作時請盡量不要停手。
- 静かな場所で少し体を休めました。在安靜的地方讓身體休息。

061

自 和らぐ（やわらぐ） ・變緩和，平靜，變柔軟
他 和らげる（やわらげる） ・使緩和，使柔軟

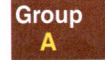

雰囲気が和らぐ　　　　雰囲気を和らげる

- 4月に入ると、朝晩の寒さが徐々に和らぐでしょう。
  一進入4月，早晚的寒冷漸漸和緩了。

- 交渉を終えて、ようやくその場の雰囲気が和らぎました。
  完成交涉後，場面的氣氛終於變和緩了。

- 車が衝突した際、シートベルトとエアバッグが衝撃を和らげてくれます。車子衝撞時，安全帶和安全氣囊可以緩和衝擊。

- 麻酔で患部の痛みを和らげてもらいます。用麻醉緩和患部的疼痛。

- 先生はようやく表情を和らげた。老師終於將表情放柔和了。

PART 3

Group A
A-1

自 -aる
他 -eる

062

自 弱まる | **他 弱める**
- 變弱，衰弱
- 使衰弱、減弱；減低，減小

火が弱まる 　　　　　　火を弱める

- 雨がようやく弱まりました。雨終於變小了。
- 体力が弱まった実感はありますか。是否感覺到體力變差了？
- 火は弱まることもなく、炭が赤々と燃えました。
火沒有轉弱，木炭還是火紅地燃燒著。

- 台風は勢力を弱めながら、徐々に温帯低気圧に変化するでしょう。颱風威力減弱，慢慢的變成低氣壓。
- 料理が焦げないように、少し火を弱めてください。
為了不讓料理燒焦，請將火轉小。

A-2 　自 -aる　　他 -u（≠す）

> 這裡的「他-u」不含「他-す」。
> 「他-す」納入「Group C」說明。

包(くる)まる／包(くる)む

挟(はさ)まる／挟(はさ)む

塞(ふさ)がる／塞(ふさ)ぐ

またがる／またぐ

063

| 自 くる **包まる** | 他 くる **包む** ❶ | ・（用布、被子等把身體）包，裹；蜷縮
・（用布、紙等像捲起來似地）包住，穿上 |

毛布にくるまる　　　　　　　　毛布でくるむ

- うちの息子、寒い朝は布団にくるまって、なかなか出ないんです。
  我家兒子，寒冷的早上裹在被窩中，遲遲不起床。
- 子犬は犬小屋の奥にくるまっています。小狗蜷縮在狗屋的最裡面。

- 野菜を新聞紙にくるんで、冷蔵庫に入れておいてください。
  蔬菜用報紙包起來，放在冰箱裡。
- 子犬の体をタオルでくるんであげました。
  用毛巾將小狗的身體裹起來。

---

❶ 「包む」有「捲裹」的意思，與「包む」不同。「包む」是整體包裝起來。「包む」一般不使用漢字，常以「くるむ」表記。

064

自 挟まる	他 挟む
	・夾住，夾到
	・夾…；插嘴，打聽

Group A
A-2

自 -aる
↓
他 -u

チーズが挟まる　　　　　チーズを挟む

- 定番の卵サンドには、パンの間にスクランブルエッグが挟まっています。經典雞蛋三明治，麵包中間夾著散狀炒蛋。
- 扉に手が挟まって、怪我をしてしまいました。
  手被門夾到，受傷了。
- かばんが電車のドアに挟まって、取れません。
  皮包被電車門夾到，拿不出來。

- パンに野菜やチーズを挟んで食べます。麵包夾蔬菜或起司吃。
- 部外者は口を挟まないでください。外人不要插嘴。

065

| 自 **塞がる** | 他 **塞ぐ** | ・堵塞，占滿
・使塞住，使堵住 |

道がふさがる　　　　　　　　　道をふさぐ

- 渋滞で高速道路の入り口が塞がっています。
  塞車將高速公路入口都堵塞住了。

- あきれて、開いた口が塞がりません。驚訝得合不攏嘴。

- 血栓とは血液などの塊により血管が塞がってしまう症状です。
  所謂的血栓是指血液等的塊狀物塞住血管的症狀。

- 大型車が道を塞いでいます。大車把路擋住了。

- 耳を塞いでも、まだ激しい騒音が聞こえます。
  即使把耳朵塞住還是聽得到激烈的噪音。

| 自 またがる | 他 またぐ | ・乗，騎，跨坐；跨越
・跨過，跨渡；跨越… |

馬にまたがる　　　　　　馬をまたぐ

- 馬にまたがって乗馬を楽しみます。騎坐在馬上享受騎馬的樂趣。
- この川は四つの県にまたがっている。這條河川橫跨四個縣。
- 研究は3年にまたがっています。研究跨越3個年頭。

- 溝をまたいで車道に出ます。跨過水溝到車道。
- 年をまたいで工事を続けるつもりです。跨年後計畫持續進行工程。

Group A 練習問題

01
- A エアコンの温度をもっと（上がって・上げて）ください。
- B さっき（上がった・上げた）んですけど、なかなか暖かくならないんですよ。
- A そうなんですか、どうして（上がらない・上げない）んでしょうね。
- B 故障したのかもしれません。

02
- A 嬉しそうだね。
- B うん、バイト代の時給が100円（上がった・上げた）んだ。
- A へえ、よかったね。
- B 店長が私の勤務態度を見て、（上がって・上げて）くれたみたい。
- A 努力が認められたんだね。

03
- A 外は寒かったでしょう、どうぞ、温泉で体を（温まって・温めて）ください。
- B ありがとうございます。露天風呂にゆっくり入ったら、体が（温まって・温めて）、疲れもとれそうですね。

04
- A 困ったなぁ…、今から会議なんだけど、急に顧客から連絡があって…。
- B ではその仕事、私が代わりにしておきましょうか。
- A あ、ありがとう。助かります。では私に（代わって・代えて）山下君が対応すると、先方に伝えておきます。

PART 3

Group A 練習問題

05
- A 今年の研修旅行、どこへ行くか決まりましたか。
- B いいえ、今（決まっている・決めている）ところなんです。みんなの希望が多くて、なかなか（決まらない・決めない）んです。
- A そうなんですか。では先生に（決まって・決めて）もらうというのはどうですか。
- B それも一つの方法ですね。旅行先が（決まった・決めた）ら、すぐお知らせしますね。
- A はい、お願いします。

06
- A 風邪、大丈夫ですか。
- B はい、おかげさまで。昨夜はなかなか熱が（下がら・下げ）なかったんですが、薬を飲んだら、何とか今朝熱が（下がり・下げ）ました。
- A 大変でしたね。今日もまだ無理をしないでくださいね。

07
- A 高橋さんのネクタイ姿、珍しいですね。
- B 久しぶりにネクタイを（締まる・締める）と、首が（締まって・締めて）苦しいんです。

08
- A この建物は、消防設備が（備わって・備えて）いません。すぐに消火器やスプリンクラーを（備わる・備える）必要があります。
- B はい、わかりました。すぐ改善します。

93

09

A おかげで息子の命が（助かり・助け）ました。先生、どうもありがとうございました。

B いえ、患者の命を（助かる・助ける）ことは、医者として当然の使命ですから。

10

A 多くの若者が会場に（集まって・集めて）いるそうです。何なんでしょうね。

B 学校は学生を（集まって・集めて）就職説明会を行っているんですよ。

A 佐藤さん、卒業した後、就職するんですか。

B いいえ、JLPTのN1に（受けた・受かった）後、留学するつもりなんです。

11

A 昨夜は結局、どこに（泊まったの？・泊めたの？）ホテルがどこも満室で、（泊まる・泊める）ところがないって言ってたけど。

B それがね、渡辺さんが「うちでよかったらどうぞ」って、（泊まって・泊めて）くれたんだよ。

A そう、それはよかったじゃない。

12

A お客様が取り出しやすいように、商品は（重ならない・重ねられない）ように並べてください。

B 分かりました。同じ色のものは（重なって・重ねて）もよろしいですか。

PART 3

Group A 練習問題

A そうですね。じゃあ、同じ色のは（重なって・重ねて）ください。

13

A 会議の時間が少し（早まった・早めた）の、知ってる？10時開始だって。

B そうなの？どうして（早まる・早める）ことにしたのかな？

A 課長がね、11時に来客があるから、1時間（早まって・早めて）くれないかって。

B そうなんだ。わかった、ありがとう。

14

A 中村さん、ちょっと心臓に悪いところが（見つかって・見つけて）、明日から入院なさるそうよ。

B えっ、急なことだね。どうやって（見つかった・見つけられる）んだろう。

A ほら、先月会社でやった健康診断だよ。私たちも彼女と同じ年だし、体には気をつけないと。

B 病気は早く（見つけて・見つけさせて）、早く治すのがいちばんだね。

15

A まず、血圧を測りますので、気持ちを（静めて・静まって）お待ちください。

B ちょっと緊張が（静まらない・静めない）なぁ。

A 大丈夫ですよ。では、深呼吸してみてください。

95

16

A あれ、おかしいなぁ。この店、（閉まって・閉めさせて）いるよ。

B 本当だ。あ、ここに「今日は営業時間を変更し、午後5時に（閉まらせて・閉めさせて）いただきます」って書いてあるよ。

17

A 常識を（変わる・変える）には、まず自分が（変わら・変え）なければ、何も始まらないんだよ。

B 自分が（変われば・変えれば）、世界も（変わる・変える）ってことですね。

18

A 来年度の営業計画は（まとまれ・まとまり）ましたか。

B 今、みんなの考えを（まとまっている・まとめている）ところです。もう少しお待ちください。

19

A この情報、まだ彼には（伝わらない・伝えない）ほうがいいんじゃないかな。

B しかし、彼だけ知らせないというのも…。私がそれとなく（伝わって・伝えて）おきます。

A そうだね。他から（伝わる・伝えた）より、君がうまく（伝わって・伝えて）くれると助かるよ。

PART 3

Group A 練習問題

20
- **A** 彼女には、アシスタントとしてこの課に（加わって・加えて）もらうことになりました。
- **B** 今日からこちらの課に（加わって・加えて）もらうことになりました小林です。どうぞ宜しくお願いします。

21
- **A** 君が交通事故に遭ったって聞いたときは、心臓が（止まる・止める）くらいびっくりしたよ。しかしそのとき助けを求めたにもかかわらず、誰も足を（止まって・止めて）くれなかったんだなんて、ひどい話だよなぁ。

22
- **A** 長谷川大臣、ついに次期首相立候補への気持ちを（固まった・固めた）ようです。
- **B** 立候補の意思が（固まった・固めた）のは、ご家族からの一言がきっかけだったそうですよ。

23
- **A** 佐藤選手現役引退のニュースは、またたく間に日本中に（広がり・広げ）ましたね。
- **B** はい、野球以外の世界も知りたいと、今後は視野を（広がって・広げて）、活躍の場を探していくそうです。

97

24

A 20年ほどここで店をやってますけど、正直（儲かって・儲けられて）はいませんね。まあ、もともと（儲けよう・儲けそう）と思って始めたわけでもありませんし、現状で満足しています。

25

A すみません、このあとの説明会は、何時から（始まり・始めさせ）ますか。

B あ、もう（始まろう・始めよう）と思っていますので、2階の会場へお急ぎください。

26

A 水槽に水を（溜まって・溜めて）いるんだけど、この線のところまで（溜まったら・溜めたら）、蛇口を止めてくれない？

27

A 部長、今ちょっとお時間よろしいでしょうか。

B どうしたんだ、そんなに（改まって・改まれて）…。

A 実は、このたび結婚することになりまして、それで、ぜひ部長に披露宴にご出席いただけないかと…。

B そうなのか。おめでとう。

A ありがとうございます。あの、式の日取りが決まり次第、（改まって・改めて）ご報告にあがりますので、ぜひ宜しくお願いします。

PART 3

Group A 練習問題

28
- A 注文していた印刷物は、もう（仕上がって・仕上げさせ）いますか。
- B あ、申し訳ございません。2時までには（仕上がった・仕上げる）つもりですので、（仕上がった・仕上げさせた）ら、すぐお持ちします。

29
- A 壁にできた穴を（塞がる・塞ぐ）には、どうすれがいいかな。
- B 応急処置として、この板を使えばすぐに（塞がる・塞ぐ）けど…。
- A じゃ、取りあえずそれでお願いできるかな。

30
- A このメモ、鈴木さんの字だよね。この本に（挟まって・挟めて）いたんだけど。
- B あ、そうそう、私が書いたメモ。探していたんだ。ありがとう。なくさないように本に（挟まって・挟んで）いたんだったわ。

31
- A この赤ちゃん、布団に（くるまって・くるんで）よく眠っていますね。
- B ええ、でも今夜は寒くなりそうですから、もっと温かい毛布に（くるまって・くるんで）あげた方がいいんじゃないかしら。

GROUP B ―れる ┈┈ ？(≠す)

B-1　自 -れる　他 -る・他 -u[1]

> 「-れる」結尾的，大部分是自動詞。但是「入れる」「くれる」是他動詞，請特別注意。
> 注意，「自 -れる／他 -す」的形態，在「Group C」中介紹。

売れる／売る

折れる／折る

切れる／切る

破れる・敗れる／破る

分かれる・別れる／分ける

割れる／割る

生まれる／生む

産まれる／産む

---

[1]「自 -れる／他 -u」的型式只有二組，所以與「自 -れる／他 -る」放在一起介紹。

PART 3

067

自 売れる	他 売る

- 暢銷，賣得好；出名
- 販賣…，銷售；使有名

Group B
B-1

自 -れる
↓
他 -る・-u

服が売れる　　　　　　　　服を売る

- 以前は子供服がよく売れていました。以前小孩的衣服很暢銷。
- よく売れる商品は、どれですか。暢銷的商品是哪個？
- 彼は作家として名が売れるまでは苦しい生活が長く続いた。
他在以作家身分出名之前，持續了一段很長的辛苦日子。

- 他の店より高く売りたいです。想賣得比其他家店貴。
- 輸入品を売っている店が多いです。賣進口商品的店很多。
- 女優として名を売っている。以女演員的身分聲名大噪。

101

068

| 自 お
折れる | 他 お
折る | ・折斷；折；轉彎；辛苦，操勞
・使折斷；折…；使彎曲；費心 |

木が折れる 　　　　　　木を折る

- 強風で大きな枝が折れました。因為強風，大的樹枝斷了。
- シャツの襟が内側に折れています。襯衫的領子是往內折的。
- 右に折れて200ｍほど進むと、小学校があります。
  向右轉再往前行走200公尺左右有間小學。
- ウェブページ作成は骨の折れる仕事です。設計網頁是很辛苦的事。

- 梅の枝を一節折りました。折了一節樹枝。
- 借りた本のページを折るのは、やめたほうがいいですよ。
  借來的書，最好不要折頁。
- 次に会える日を指を折って数えていました。
  屈指算著下次什麼時候能見面。
- 私の職を探すのに、彼はずいぶん骨を折ってくれました。
  為了幫我找工作，他相當地費心。

自 切れる｜他 切る

- 鋒利（能切）；斷掉，中斷；斷絕；瀝乾
- 切、割、砍、剪；使…中斷；使…斷絕；瀝乾…

電話が切れる　　　　電話を切る

- この包丁はよく切れます。這把菜刀很好切。
- 靴ひもが切れてしまいました。鞋帶斷了。
- まだ話しているのに、突然電話が切れてしまいました。
  講話說到一半電話斷線了。
- 離婚して、子どもとの縁が切れるのはつらいことです。
  離婚和小孩斷絕關係是很痛苦的。
- 契約期限が切れたので、新たに更新が必要です。
  契約到期了，需要再更新。

- 水が切れた野菜を、サッと油で炒めてください。
  將水瀝乾的青菜快速的用油炒一下。

- スイカを切ってみんなで食べましょう。
  切西瓜，大家一起吃吧！

- パソコンの電源を切っておいてください。
  請將電腦的電源關了。

- 話を終えて、電話を切りました。
  講完話，把電話掛斷了。

- 親子の縁を切るなんて、言わないでほしい。
  希望你不要說要切斷親子的緣分這種話。

- 今までのところと手を切って、新しい会社と契約をしたそうです。
  聽說和之前的公司斷絕關係，和新的公司簽訂契約了。

- 洗った野菜は、よく水を切ってから料理します。
  洗好的青菜，好好濾乾水分後再料理。

070

自 破れる・敗れる / 他 破る

- 破，損毀；破碎；撕毀；敗北
- 弄破，破壞…；毀約；打敗；打破（紀錄……）

Group B
B-1
自 -れる → 他 -る・-u

袋が破れる　　　　　　　　紙を破る

- 紙袋が破れてしまいました。紙袋破掉了。
- コンテストに落ちて、歌手になる夢が破れました。
  選拔落選了，成為歌手的夢想破碎了。
- 優勝決定戦では、善戦むなしく敗れてしまいました。
  在冠亞軍爭奪中，力戰惜敗。

- 彼からの手紙を、読まずに破ったそうです。
  聽說將他寄來信沒有看就撕掉了。
- 泥棒は窓を破って侵入しました。小偷破窗而入。
- 平気で規則を破る学生が増えています。
  毫不在意地破壞規定的學生增多了。
- 私達は昨年の優勝チームを4対2で破りました。
  我們以4比2打敗去年冠軍的隊伍。

071

自 分かれる・別れる ｜ 他 分ける

- 分開；區分；分歧　　・使分開；使區分；分配

２つに分かれる　　　　　ケーキを分ける

- この文章は５段落に分かれています。這篇文章分５個段落。
- 三年生60人が、２台のバスに分かれて乗ります。
  60位三年級學生分別搭乘２部巴士。
- この先、道が二つに分かれています。前面道路分成二條。
- 意見が分かれる結果となりました。結果是意見分歧。
- 交差点で友達と別れて、一人で家へ帰りました。
  在十字路口跟朋友分開後，一個人回家了。

- ケーキを５人分に分けてください。請將蛋糕分成５人份。
- 血液型で人の性格をタイプ別に分けます。根據血型將人的個性做區分。
- どうやって遺産を分けるかを話し合います。討論如何分財產。
- 自社株で社員にも利益を分け与えましょう。
  以自己公司的股票將利潤也分給員工吧！

PART 3

072

| 自 割れる | 他 割る | ・破碎，裂開；暴露
・將⋯打破；分裂；使露出；鬆口 |

Group B
B-1
自 -れる
↓
他 -る・-u

コップが割れる　　コップを割る

- コップが割れてしまいました。杯子破了。
- 家族の意見が割れています。家人意見分歧。
- 被害者の身元が割れたそうです。聽說知道受害者的身分了。
- 彼は、すぐに底が割れる嘘をつきがちです。
  他常說一下子就被看穿的謊言。

- 彼はコップを割りました。他打破杯子了。
- イデオロギーの対立から、党を割る事態となりました。
  因意識形態的對立，演變成黨的分裂。
- ついに犯人が口を割ったらしい。聽說犯人終於鬆口了。
- 腹を割って話をしましょう。敞開心房交談吧！

107

073

| 自 生まれる | 他 生む ① | ・出生，誕生
・產生 |

いい結果が生まれる　　　　いい結果を生む

- 彼は貧しい家に生まれたそうです。據說他出生在貧困的家庭。
- 女子100m走で、日本新記録が生まれました。
  女子 100 公尺賽跑，締造日本的新紀錄。
- この学説が生まれたのは今から100年ほど前です。
  出現此一學說，是距今大約一百年前的事。

- 新しい事業で、会社に大きな利益を生みました。
  新事業為公司產生很大的利益。
- 話し合いで、いい結果を生んだようです。協商似乎有了好的結果。

---

① 不同於前面，從這組開始是「自 -れる／他 -u」型式。符合這個型式的詞組還有「產まれる／產む」。

PART 3

074

| 自 産まれる | 他 産む① | ・出生,誕生
・產卵,生產,分娩 |

Group B
B-1

自 -れる
↓
他 -る・-u

子供が産まれる　　　　　　　子供を産む

- 先週、妹に女の赤ちゃんが産まれました。
  上星期妹妹生了個女兒。

- お腹の子が産まれるまで、あと2週間です。
  離生產還有2個星期。

- この砂浜で、毎年海亀がたくさんの卵を産みます。
  在這個海灘每年海龜會下很多的蛋。

- 妹は子どもを産んでから、体の調子がよくないんです。
  妹妹生了小孩後身體狀況就不太好。

---

❶ 「うまれる／うむ」漢字寫作「産まれる／産む」時,主要著重於表現「生產」。

109

Group B 練習問題

01
A 新しい学説が（生まれた・生んだ）のは、今から100年ほど前の1920年代です。
B この学説の（産み・生み）の親が、かの有名なウォルシュ博士だと言うことですね。

02
A 顧客からの電話を終える際は、相手が電話を（切れる・切る）まで、こちらからは（切れない・切らない）が常識です。電話が（切れた・切った）ら、こちらも静かに受話器を置いてください。
B はい、わかりました。

03
A 学生の人数が多いので、バスは2台に（分かれて・分かって）乗ることにします。
B では、どのように（分かり・分け）ますか。
A それは昨日、すでに男女別で（分かれて・分けて）おきました。

04
A すみません、これと同じペンり、（売れて・売って）いますか。
B あ、申し訳ない。さっき全部（売れ・売られ）ちゃってね。人気があるから、すぐ売り切れちゃうんだ。

05

A チョークを (折れて・折って)、遊ばないでください。

B (折れて・折って) いるんじゃなくて、書いていると勝手に
(折れる・折る) んです。

A 力を入れすぎて書くから (折れる・折る) んじゃない？

06

A これは強化ガラスなので、(割れよう・割ろう) としてもなかなか
(割れない・割らない) んですよ。

GROUP C

？ ⋯⋯ **―す**

C-1　自 - れる　他 - す

> 以「- す」結尾的，幾乎都是他動詞。

現(あらわ)れる／現(あらわ)す	倒(たお)れる／倒(たお)す
表(あらわ)れる／表(あらわ)す	潰(つぶ)れる／潰(つぶ)す
荒(あ)れる／荒(あ)らす	流(なが)れる／流(なが)す
遅(おく)れる／遅(おく)らす、遅(おく)らせる	慣(な)れる／慣(な)らす
隠(かく)れる／隠(かく)す	外(はず)れる／外(はず)す
枯(か)れる／枯(か)らす	離(はな)れる／離(はな)す
涸(か)れる／涸(か)らす	放(はな)れる／放(はな)す
崩(くず)れる／崩(くず)す	乱(みだ)れる／乱(みだ)す
汚(けが)れる／汚(けが)す	漏(も)れる／漏(も)らす
穢(けが)れる／穢(けが)す	揺(ゆ)れる／揺(ゆ)らす
こぼれる／こぼす	汚(よご)れる／汚(よご)す
壊(こわ)れる／壊(こわ)す	

112

自 現れる	他 現す

- （隱藏著的東西）出現，顯露，露出；發覺，暴露
- 出現，顯露

人が現れる　　　　　姿を現す

- 暗闇から急に人が現れました。突然有人從暗處出現。
- 雲の間から太陽が現れてきました。太陽從雲層中露臉。

- 彼が突然、私の前に姿を現しました。他突然出現在我面前。
- この子は中学生になったころから、才能を徐々に現してきました。這孩子上中學後漸漸顯露出才華。
- 大きな口の妖怪が正体を現した。巨嘴妖怪現出了原形。

| 自 あらわ
表れる | 他 あらわ
表す① | ・表現，露出，展現
・表現，呈現 |

個性が表れる　　　　　個性を現す

- この作品には作者の個性が表れています。
  這個作品表現出作者的個性。
- 字には書いた人の性格が表れるものです。
  字會展現出書寫者的性格。

- この曲は、ショパンが深い悲しみを表したものである。
  這蕭邦的音樂表現出深切的悲傷。
- 売上高の変化はこのグラフに表しています。
  銷售額的變化在這圖表中呈現出來。

---

① 「あらわれる あらわす」以「**現れる・現す**」表記時，表示「隱藏著的東西顯現出來」；「**表れる・表す**」則是「感情、思想…等，浮出表面」的意思。

077

自 荒れる	他 荒らす

- 情況變激烈；狀況變糟
- 使…紛亂；使損害，變糟

海が荒れる　　　　花壇を荒らす

Group C / C-1
自 -れる → 他 -す

- 今朝から低気圧の影響で海が荒れています。
  今天從早上開始受低氣壓的影響海象惡劣。
- 失業をきっかけに、彼の生活は荒れる一方でした。
  失業之後他的生活就很頹廢。
- 特に乾燥する冬は、肌が荒れてしまいます。
  特別是在乾燥的冬季，肌膚很粗糙。
- 薬の服用で胃が荒れてしまうことがあります。
  有時會因為服用藥物，胃變得不好。

- 近所の犬が花壇を荒らしてしまいました。
  附近的狗將花圃弄得亂七八糟。
- 留守中に空き巣に入られて、家を荒らされました。
  外出時被闖空門，家中被弄得一團亂。
- 洗剤で手を荒らさないように、気を付けてください。
  請小心不要讓清潔劑把手洗粗了。

115

自 遅れる ｜ 他 遅らす・遅らせる[1]

- 慢，遲；延遲，趕不上；落後
- 調慢；拖延，延遲

5分遅れる 　　　　　　　　　5分遅らす

- 目覚まし時計が5分遅れています。鬧鐘慢了5分。
- 会議の開始時間が遅れているようです。會議開始的時間好像晚了。
- 大雨で電車が遅れています。因下大雨電車誤點了。
- 欠席が多いと、勉強が遅れるのではないかと心配なんです。
缺課太多，擔心功課會不會跟不上。

- 時計を1時間遅らします。將時鐘調慢一個小時。
- 開始時刻を30分遅らせましょう。將開始時間延後30分鐘吧！
- この治療を受ければ、発病を遅らせることは可能です。
如果接受這個治療，可以延緩發病。
- 現段階では、先方への返事を遅らした方がいいです。
現階段最好延遲給對方回答。

[1] 「遅らす」同「遅らせる」。

079

自 隠れる	他 隠す

- 隱藏，躲藏；隱蔽，不外露；埋沒
- 隱藏；躲藏，藏匿；隱瞞…，掩飾…

トナカイが隠れる　　　　　トナカイを隠す

- トナカイは大きな木の陰に隠れてしまいました。馴鹿隱身在樹蔭中。
- 遠くの山々は雲に隠れて見えません。遠山隱藏在雲層裡，看不見。
- これは、名人の隠れた技術や才能を紹介する番組です。
  這是個介紹名人深藏不露的技術或才能的節目。
- 彼は、私に隠れて別の人と付き合っているようです。
  他好像背著我在和別人交往。

- 両手で顔を隠しています。用雙手掩住臉。
- 工場長は、故意に事故の原因を隠したようです。
  廠長故意隱瞞事故的原因。
- 私は別に、年を隠しているわけではありません。
  我並不是故意要隱瞞年齡。

| 自 枯れる | 他 枯らす | ● 枯萎，凋零
● 使枯萎

花が枯れる　　　　　　　　　花を枯らす

● 花に水をやらないと枯れてしまいますよ。
　如果花不澆水的話就會枯萎。

● 枯れた落ち葉は、一ヶ所に集めてください。
　請將掉落的枯葉集在一處。

● 酸性雨は木々を枯らす原因の一つだと言われています。
　據說酸雨是造成樹木枯萎的原因之一。

● 大切に育てていた観葉植物を、枯らしてしまいました。
　很珍惜的觀賞植物竟然讓它枯萎了。

PART 3

[081]

自 涸れる	他 涸らす
・乾涸，枯竭	・抽乾；將…竭盡

池が涸れる　　　　　　　池を涸らす

- 日照り続きで、池が涸れてしまいました。持續的日曬，池塘乾涸了。
- この井戸は、水が涸れることはありません。這口井不曾乾涸過。
- その画家は才能がかれてしまったのではないかと噂されました。
傳言那個畫家的才能已經枯竭了。

- 年に一度、池の水を涸らして、泥やごみを取り除きます。
一年一次將池塘的水抽乾，清除淤泥或垃圾。
- 泣きすぎて、涙を涸らしてしまうほどでした。
哭得太過度，淚水已經哭乾了。

Group C
C-1
自 -れる
↓
他 -す

119

082

| 自 崩れる（くず） | 他 崩す（くず） | ・崩塌，倒塌；潰散，走樣，零亂
・拆毀…；把…弄散；打亂…，弄壞… |

崖が崩れる　　　　　　　　崖を崩す

- 大雨で崖が崩れました。大雨讓懸崖崩塌了。
- 金銭問題をきっかけに、二人の信頼関係が崩れてしまいました。
  因為金錢問題的緣故，兩人的信賴關係瓦解了。
- 片足跳びで体のバランスが崩れて、転んでしまいました。
  用單腳跳，身體失去平衡就跌倒了。

- 新しい道路をつくるためには、山を崩すしかありません。
  為了開闢新的道路，只能把山鏟除。
- 片足でも体のバランスを崩さないように、立ち続けられますか。
  你可以持續的單腳站立身體不會失去平衡嗎？
- 仕事が忙しくて、ついに体調を崩してしまいました。
  因工作忙碌，終於把身體弄壞了。

083

自 汚れる・穢れる　　他 汚す・穢す
- 不潔、不道德；污損，受到玷污
- 污染…、使…不純潔；玷污…

心がけがれる 　　心をけがす

- そのような不道徳なニュースに接するたびに、心が汚れる思いです。每次看到不道德的新聞就覺得心靈受到污染。
- 汚れた金は、1円も受け取っていません。不乾淨的錢，一塊也沒收過。
- 罪を犯して、輝かしい経歴が汚れてしまいました。
  犯罪污損了光輝的經歷。

- 大人の醜い行いで、子どもの純真な心を汚さないでください。
  請勿用大人醜陋的行為污染小孩純真的心靈。
- 女性問題で、彼は自らの名声を汚してしまいました。
  因女性問題，他自己污損了名聲。
- 賄賂で名を汚す結果となってしまいました。因賄賂污損了名聲。

084

| 自 こぼれる | 他 こぼす | ・溢出，灑出
・溢出，灑落；抱怨 |

水がこぼれる　　　　　　　水をこぼす

- 息子がコップを倒して、中の水がこぼれました。
  兒子弄倒杯子，把水潑出來了。
- 彼女の目から涙がぽろぽろこぼれています。
  她的眼眶掉下一顆一顆的眼淚。
- 笑った口元から白い歯がこぼれます。綻放的笑容露出了潔白的牙齒。

- うっかり膝にコーヒーをこぼしてしまいました。
  不小心把咖啡倒在膝蓋了。
- 教会でゴスペルを聴いた彼女は、思わず涙をこぼしました。
  在教堂聽到福音，她忍不住掉下眼淚。
- 母に「仕事がつまらない」と愚痴をこぼしています。
  向媽媽抱怨「工作很無聊」。

122

085

自 壊れる | **他 壊す**
- 壞，毀壞；倒塌，毀掉，破裂
- 弄壞，破壞，傷害

ケータイが壊れる 　　　　ケータイを壊す

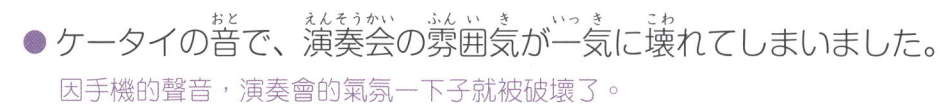

- 地震で多くの建物が壊れました。因地震很多建築物倒塌了。
- ケータイの音で、演奏会の雰囲気が一気に壊れてしまいました。
  因手機的聲音，演奏會的氣氛一下子就被破壞了。
- 壊れたコピー機を修理してもらう。叫人修理壞掉的影印機。

- 古い空家を壊します。把老舊的空屋拆掉。
- ケータイの音が、演奏会の雰囲気を一気に壊してしまいました。
  手機的聲音一下子將演奏會的氣氛破壞了。
- 昨日食べ過ぎたせいで、お腹を壊してしまったようです。
  昨天吃太多，好像吃壞肚子了。

Group C
C-1

自 -れる → 他 -す

| 自 倒れる（たお） | 他 倒す（たお） | ・倒下；跌倒；倒閉，垮台；病倒
・將…放倒；推翻，打倒，弄倒；打敗 |

木が倒れる 　　　　　　　　　木を倒す

- おじいさんが石につまずいて倒れてしまいました。爺爺被石子絆倒。
- 不況で中小企業が次々と倒れました。
  因不景氣，中小企業一家家接連的倒閉。
- 部長は過労で倒れたそうです。聽說部長因過勞而病倒了。

- シートの背もたれを倒します。將座位椅背往後倒。
- 民衆は独裁政権を倒そうとしました。民眾想要推倒獨裁政權。
- 強敵チームを倒すために、作戦を考えましょう。
  為了打倒強敵隊伍，來思考作戰對策吧！

潰れる（自） ／ 潰す（他）

- 壓壞，擠破；垮台，倒閉；取消；時間消耗
- 弄碎…、壓碎…、弄毀…；使破產，使…沒面子；消磨時間

空き缶がつぶれる　　　空き缶をつぶす

- 地震で、多くの家が潰れました。因地震很多房子倒塌了。
- 会社が一年で潰れてしまいました。公司一年就倒閉了。
- 例の企画は潰れたらしいです。那個企劃好像取消了。
- 部屋の片づけで、丸一日潰れました。花了一天整理房間。

- 古い家を潰して、マンションビルを建てるそうです。
聽說要把老舊房子拆除後蓋公寓。

- 祖父から続く会社を潰してしまいました。
把從祖父那裡繼承的公司搞倒了。

- 喫茶店で時間を潰していました。在咖啡店消磨時間。

流れる（自） | 流す（他）

- 流，漂流，飄流；播放；流傳；流逝
- 使流走、沖走；播放…；使流傳、散佈

川の水が流れる　　　　トイレの水を流す

- 上流から流れる美しい川の風景。由上游蜿蜒而下的美麗河川景色。
- 白い雲が大空を流れています。天空飄著白雲。
- 津波でこの辺りの家は全て流れてしまいました。
  海嘯把這一帶的房子全部都沖走了。
- ラジオから音楽が流れています。收音機播放著音樂。
- 根も葉もない噂が流れたそうです。毫無根據的謠言似乎流傳開了。

- トイレの水を流してください。廁所請沖水。
- 灯篭を川に流しましょう。把燈籠放入河中漂流吧！
- 土砂が家を押し流してしまいました。土石流把房子沖走了。
- 店内にクラシック音楽を流しています。在店內播放古典音樂。
- 混乱に乗じてデマ情報を流す人々もいました。
  有人趁著混亂傳播不實的謠言。

089

自 慣れる	他 慣らす

- 習慣，熟悉，熟練
- 使…習慣，馴服，學習

プールの水に慣れる　　　　体を慣らす

● 新しい環境に慣れましたか。
　已經習慣新環境了嗎？

● 待たされることには慣れています。
　已經習慣等人了。

● 野生動物は人に慣れていませんから危険です。
　野生動物不習慣人類所以很危險。

● 準備運動で体を慣らしてから、プールに入ってください。
　請做準備運動熱身後，再進游泳池。

● 履き慣らした靴で、山に登ります。
　穿習慣穿的鞋爬山。

Group C
C-1

自 -れる
↓
他 -す

| 自 外れる | 他 外す | ・脱落，掉下；偏離；違反，不準，沒中
・取下…；錯過；使脫離；離席 |

ボタンが外れる❶　　　　　　ネクタイを外す

- ボタンが外れてしまいました。鈕扣沒扣好。
- 天気予報が外れて雨模様です。氣象報告不準，好像要下雨的樣子。
- 悪い仲間から外れます。脫離壞朋友。

- ネクタイを外してリラックスしてください。請拿下領帶放鬆一下。
- タイミングを外してボールを投げました。錯失投球的時機。
- セールス業務の担当から彼を外しましょう。
  銷售業務工作，將他摒除在外吧！
- 申し訳ございません、ただいま、田中は席を外しております。
  真抱歉，田中現在不在位置上。

---

❶「ボタンが取れる」則是鈕扣掉了；「ボタンが外れる」是漏了沒扣，或是沒扣好。

離れる｜離す

- 離開，分離；隔開
- 使分離；放開；使…拉開距離

地面から離れる　　　　両足を地面から離す

- 熱気球が同時に地面から離れました。熱汽球同時離開了地面。
- 親元を離れて暮らしています。離開父母親獨自生活。
- 家と会社とは、かなり離れています。我家和公司離得很遠。
- 2歳離れた姉がいます。我有一個差兩歲的姐姐。

- 両足を同時に地面から離してください。請將兩腳同時離開地面。
- 冷蔵庫は壁際から少し離して置きます。冰箱距牆壁一點距離置放。
- 2位の選手を10メートル離して、余裕でゴールインしました。和第二名的選手拉開10公尺的距離，輕鬆地抵達終點。

自 放れる	他 放す	・掙脫開，脫離 ・（從拘束中）放走，鬆開

鎖から放れる　　　　手を放す

- この家には、くさりから放れた猛犬がいます。
  這戶人家有隻掙脫鍊子的惡犬。

- 子どもたちが社会人になって、やっと手が放れました。
  孩子們出社會了，終於可以輕鬆了。

- 籠の中の小鳥を放します。把鳥籠中的小鳥放出來。

- 子どもの手を放した途端、海に向かって走り出しました。
  一鬆開小孩的手，他就向著大海邊跑去。

PART 3

(093)

| 自 乱れる | 他 乱す | • 亂，打亂；困惑，不安
• 弄亂，破壞；打亂，擾亂 |

髪が乱れる　　　　　　　　髪を乱す

- 風で髪が乱れました。　因為強風，頭髮都亂了。
- 大雨でダイヤが乱れています。大雨將時刻表都打亂了。
- 昔の恋人に会うと、心が乱れてしまうかもしれません。
  和往日的戀人見面的話可能會讓心情波動。

- 風が髪を乱してしまいました。風把頭髮吹亂了。
- 校内の風紀を乱さないようにしてください。請不要破壞學校風紀。
- 市場経済の秩序を乱す恐れがあります。恐怕會打亂市場經濟的秩序。

Group C
C-1
自 -れる
他 -す

094

| 自 漏れる | 他 漏らす | 漏，漏出；洩露，透出；遺漏；吐露
將…漏出；洩漏…，吐露；使遺漏；表露… |

明かりが漏れる　　　　　　　明かりを漏らす

- 部屋の明かりが、廊下に漏れているようです。房屋的光線照到走廊。
- データが漏れる恐れがあります。資料有洩漏的疑慮。
- 記述すべき重要事項が漏れているようです。
  好像應該記述的重要事項遺漏了。
- 思わず本音が漏れてしまいましたね。不覺中吐露了真心話。

- 明かりを外に漏らさないでください。請不要讓光線透出到外面。
- 故意にデータを漏らしたようです。好像是故意洩漏數據。
- 必要なことを、漏らさず書いてください。必要事項請勿漏寫。
- 会社に対する不満を漏らしていました。吐露出對公司的不滿。

095

自 揺れる | **他 揺らす**
- 搖動，搖晃，擺動；動搖
- 使…晃動，搖晃；使動搖

木が揺れる　　　　　木を揺らす

- ボートが波に揺れて浮かんでいます。小船隨波浪搖晃著。
- 地震で家がかなり揺れました。因地震房屋相當搖晃。
- 友達の一言で、彼女の決意は揺れ始めました。
  朋友的一句話讓她的決心開始動搖了。
- 汚職事件で政局が揺れています。瀆職事件讓政局動搖。

- 母親は子供のゆりかごを揺らしました。媽媽搖著小孩的搖籃。
- 鳥が枝を揺らしています。小鳥搖著樹枝。
- 彼の小さな嘘が、彼女の心を大きく揺らしました。
  他的小小謊言動搖了她的心。

| 自 汚れる | 他 汚す❶ | ・髒污，污染
・弄髒…，污損… |

服が汚れる　　　　　服を汚す

● テーブルクロスは、汚れたらすぐ取り替えます。
桌巾髒了的話會馬上更換。

● 川が汚れた原因を調べます。調查河川污染的原因。

● 汚れた心で、物事を見ないでください。請不要以污穢的心靈看待事物。

● リベートの汚れたお金で遊び歩いています。拿收回扣的髒款四處玩樂。

● コーヒーをこぼして、服を汚してしまいました。
打翻了咖啡弄髒了衣服。

● 川を汚した要因を突き止めます。查明造成河川污染的原因。

● ゴミの投棄で、山を汚す登山者が増えています。
亂丟垃圾破壞山林環境的登山者增多了。

● 不正取引は、会社の名を汚す結果となりました。
不法的交易毀損了公司的名聲。

❶ 「汚れる」與「汚す」表示的是倫理、道德等等精神面事物的「不潔」；而「汚れる」與「汚す」則是表示實際事、物的「髒污」。

C-2　自 -eる（≠れる）　他 -aす

肥える／肥やす	融ける／融かす
焦げる／焦がす	熔ける／熔かす
冷める／冷ます	逃げる／逃がす
覚める／覚ます	生える／生やす
醒める／醒ます	冷える／冷やす
絶える／絶やす	増える／増やす
照る／照らす	減る／減らす
出る／出す	負ける／負かす
溶ける／溶かす	燃える／燃やす

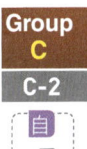

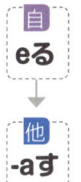

097

自 肥える	他 肥やす	・變肥胖；肥沃；豐富，有鑑賞力
		・使…肥胖，使…肥沃，提昇鑑賞力

土地が肥える　　　　　　土地を肥やす

- まるまると肥えた子犬をもらってきました。領養了一隻胖嘟嘟的小狗。
- この地域は、土地が非常に肥えています。這個地區土壤很肥沃。
- 若い聴衆の耳が肥えてきたのではないでしょうか。
  是不是年輕聽眾的耳力變刁了呢？
- 美食家の彼女は、口が肥えています。身為美食家的她嘴很刁。

- 稲わらを使ってやせた土地を肥やします。用稻草將貧瘠的土地變肥沃。
- あの料理研究家は、世界中の料理を食べ歩き、舌を肥やしたそうです。聽說那個料理研究家到處品嚐世界各國的料理，培養美食鑑賞力。
- 展覧会に通うことで、美術品に対する目を肥やしていきます。
  藉由參觀展覽會培養鑑賞美術品的眼光。

098

| 自 焦げる | 他 焦がす | ・焦,糊,烤焦
 ・燒焦…；心情焦慮 |

肉が焦げる　　　　　　　肉を焦がす

- 目を離している隙にパンが焦げてしまいました。
  視線離開的空檔，麵包烤焦了。

- 火事で瓦に焦げた時の黒い色が残っています。
  屋瓦因火災而燒黑的顏色還殘留著。

- 肉を焦がしてしまいました。將肉煎焦了。

- 初恋に胸を焦がす若者たち。因初戀而心情焦慮的年輕人們。

自 冷める ／ 他 冷ます

- 變涼、冷卻；熱度減退，冷淡
- 使…變涼、冷卻；使…的熱度減退，退燒

スープが冷める　　　　　スープを冷ます

- せっかく作ったスープが冷めてしまいました。特地做的湯涼掉了。
- 二人の愛情はすっかり冷めたようです。兩人間的愛情已經徹底降溫了。
- 近頃彼はゴルフ熱が冷めたらしいです。
  最近他對高爾夫球的熱度似乎已淡了。

- お湯を常温まで冷ましてください。請將熱開水放冷至常溫。
- お粥は冷ましてから、ゆっくり食べさせてあげましょう。
  稀飯放涼了之後再慢慢的餵他吃。
- 発熱は、額に氷を当てて冷まします。發燒時將冰貼靠在額頭上退燒。
- 距離は恋の熱を冷ますよ。距離會讓愛情退燒喔！

---

① 「冷める／冷ます」指「由高溫自然地下降溫度」；「冷える／冷やす」指「使用某手段將溫度降至低溫」，像是放在冰箱裡降溫。

自 覚める　他 覚ます

- （睡夢中）醒來；覺醒，醒悟；冷靜，清醒
- 弄醒，喚醒；使清醒，使覺醒

目が覚める　　　　　　目を覚ます

- 目が覚めたらもう10時でした。醒來時已經10點了。
- 帰国したとたん、夢から覚めた気分でした。
  一回國，覺得好像從夢中醒過來一般。
- 彼女は覚めた目で私を見ました。她用很冷靜的眼神看著我。
- すっかり眠気が覚めてしまいました。睡意完全清醒了。

- 目を覚ましたら、部屋には誰もいませんでした。
  一醒來，房間沒有半個人在。
- そんな馬鹿な夢ばかり見ないで、早く目を覚ましてください。
  不要老是做那種愚蠢的夢，早點醒醒吧！
- 眠気を覚ますために、顔を洗ってきなさい。去洗把臉消除睡意吧！

101

自 さ	他 さ
醒める	醒ます

- （酒醉中）醒酒，清醒
- 弄醒，使清醒

二日酔いが醒める　　　　二日酔いを醒ます

- これを飲めば、すぐ二日酔いは醒めるでしょう。
  喝了這個的話，也許就能馬上能消除宿醉。

- 悟りによって迷いが醒めたそうです。
  聽說因領悟而從執迷中清醒了。

- 風に当たって、酔いを醒ます。
  吹風醒醒酒。

- 迷いを醒まして、新たな決断をしましょう。
  從迷惑中清醒，做新的決斷吧！

140

自 絶える｜他 絶やす
- 消失，斷絶，停止
- 使消失，使斷絶，消滅

笑顔が絶えない　　　　　笑顔を絶やさない

- 倒れたまま、息が絶えてしまいました。倒下來之後就這樣斷氣了。
- 夜遅くなると、この付近は人通りが絶えるそうです。
  據說夜深之後，這附近就沒有人通行。
- 笑顔が絶えない明るい家庭を築きたいです。
  想要營造一個笑聲不斷、開朗的家庭。

- うっかり、焚火の火を絶やしてしまいました。不小心把營火弄熄了。
- 悪の根源を絶やす必要があります。有必要根絕邪惡的根源。
- 笑顔を絶やすことなく、手を振り続けています。保持笑容，持續揮手。
- この村の祭りは、はるか昔から絶やすことなく、現在まで続けられています。這個村莊的祭典自古早以來從不間斷，持續到現在。

103

| 自 照る | 他 照らす | ・照，照耀，照射
・照耀…，照射… |

日が照る

ライトで照らす

- 日が照ると、すぐ暑くなります。
  太陽一照射，就變熱。
- 明るく照る月を見上げています。
  抬頭仰望明亮的月色。

- 舞台をライトで照らしてください。
  請把燈光照射在舞台上。
- 夕日に照らされた山の木々を眺めています。
  眺望被夕陽映照的山林。

自 出る　他 出す

- 出去，離開；提供，發放；出現，露出；出發；刊登，出版；湧現，產生；（車、船）出海、出發
- 拿出⋯，取出⋯；供應⋯；使⋯露出、出現；刊登⋯，出版；使產生⋯；使⋯出海、出發

家を出る　　　　　かばんから財布を出す

- 私は毎日家を出る40分前に起きています。
  我每天都在出門前40分鐘起床。
- 今日、会社からボーナスが出ました。今天公司發獎金了。
- 東の空に虹が出ています。東邊天空出現彩虹。
- 思わず涙が出てしまいました。不禁落淚。
- 次の電車は10分後に出ます。下一班電車10分後發車。
- 事件に関する記事が新聞に出ています。有關事件的報導刊登在報紙上。
- 子どもの顔を見ると、元気が出るんです。看到小孩的臉，就有了精神。

● 作品に署名をしてこそ、価値が出ます。
作品上簽了名才有價值。

● 車の窓から犬が首を出しています。
狗從車窗戶探出頭。

● ごみを指定の場所に出しておいてください。
垃圾請拿出來放在指定的地方。

● このホテルは朝食を出さないそうです。
聽說這家飯店沒有供應早餐。

● 不満を顔に出さないでください。
請不要將不滿的情緒顯露在臉上。

● きょうは波が高いから、船を出さないほうがいいです。
今天浪很大，最好不要出海。

● 雑誌に広告を出しています。
在雜誌上刊登廣告。

● 実力を出すことができませんでした。
無法拿出實力。

PART 3

105

| 自 とける | 他 とかす ① | • 溶化，溶解
• 將…溶化 |

砂糖が溶ける　　　　　砂糖を溶かす

Group C
C-2
自 eる
↓
他 -aす

- 砂糖がお湯に溶けています。
  砂糖在熱水中溶化。

- 油は水には溶けません。
  油不能溶於水。

- 砂糖をお湯で溶かしてください。
  請用熱水把砂糖溶化。

- 絵の具を水に溶かして使います。
  水彩用水溶化使用。

---

① 「**溶ける／溶かす**」指固體溶入液體中；「**融ける／融かす**」指固體融化為液體消失；「**熔ける／熔かす**」指金屬遇熱液化。

145

106

自 と	他 と
融ける	融かす

- 融化，雪融
- 融化…

雪が融ける　　　雪を融かす

- アイスクリームが融けています。
  冰淇淋正在融化。
- 雪が融ける時期にまた来ます。
  雪融的時期我還會再來。
- この暑さで、氷も融けてしまいました。
  天氣這麼熱，冰也融化了。

- チョコレートを湯煎で融かしてください。
  把巧克力放在容器中隔水加熱。
- 路上の雪を融かして、車道を確保します。
  讓路上的雪融化，確保車道通行無阻。
- 氷を融かして水にします。把冰融化變成水。

PART 3

🎧 107

自 と	他 と
熔ける	熔かす

- 熔化
- 熔化…，熔解…

Group C
C-2

自 eる
↓
他 -aす

鉄が熔ける　　　　鉄を熔かす

- 溶鉱炉で鉄が熔けています。
  鐵在熔鐵爐裡熔化了。
- 鉄鉱石はどれぐらいの温度で熔けますか。
  鐵礦石多少溫度才會熔化呢？

- 金属鉱石を熔かして精錬しています。
  把金屬礦石熔化精錬。
- 金を融かして鋳造します。
  把金子熔化鑄造。

147

108

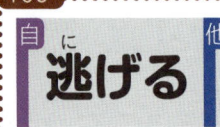

| 自 に 逃げる | 他 に 逃がす | ・逃走；逃避
・放掉，放走；錯過 |

魚が逃げる 　　　　　　　　魚を逃がす

- 犯人は裏口から逃げたそうです。聽說犯人從後門逃走了。
- せっかく捕まえた魚が逃げてしまいました。
  好不容易捕捉到的魚逃走了。
- この状況から、早く逃げ出したいです。
  想要早一點從這樣的狀況逃離。

- 犯人を取り逃がしてしまいました。讓犯人逃走了。
- 捕まえた蛍を、そのまま逃がしました。就這樣放走捕捉到的螢火蟲。
- 逃がした魚は大きいです。
  跑掉的魚總是最大條。（比喻「沒有得到的就是最好的」。）

PART 3

生える │ 生やす
- 生長，長出
- 使…生長，留長（頭髮，髥鬚）

根が生える 　　　　根を生やす

- 庭に雑草が生えています。院子長了雜草。
- 息子の歯が生えそろいました。兒子的牙齒長齊了。
- オスの鹿には角が生えています。公鹿頭上有長角

- 庭の雑草がどんどん根を生やしています。院子的雜草不斷地生根。
- 無精ひげを生やしている男性。留著雜亂鬍子的男人。
- 髪を生やすためのシャンプーが人気です。生髮洗髮精很受歡迎。

Group C
C-2
自 eる
他 -aす

自 冷える / 他 冷やす

- 變冷，變涼；變冷淡
- 冰鎮…，使變冷；使…冷靜

ビールが冷える 　　　ビールを冷やす

- 冷蔵庫のビールが冷えています。冰箱冰著啤酒。
- エアコンで冷えた体を温めてください。
請讓被冷氣吹得冰冷的身體暖和起來。
- 夫婦仲はすでに冷えきっています。夫妻間的關係已經冷淡了。

- 冷蔵庫でビールを冷やしています。用冰箱冰啤酒。
- 氷水で絞ったタオルで、体を冷やしてあげます。
用擰過冰水的毛巾讓身體冷卻。
- 頭を冷やしてから、出直してきなさい。讓頭腦冷靜後再來吧！

111

増える(自) | 増やす(他)
- 增加，增多
- 使…增加

仕事が増える　　　仕事を増やす

- 仕事が増えたのに給料が減りました。工作增加了，薪水卻減少了。
- 体重が1キロ増えました。體重增加了1公斤。

- 忙しいのに、これ以上仕事を増やさないでくれ！
  已經很忙了，請不要再增加我的工作了。
- 新規の顧客を増やしてください。請增加新的顧客。
- 家族と共に過ごす時間を増やしたいです。
  希望能增加和家人共處的時間。

Group C
C-2

自 eる
→
他 -aす

151

112

| 自 減る | 他 減らす | ・減少；肚子餓
・使減少；使肚子餓 |

給料が減る　　　　　　　　給料を減らす

● 去年より体重が５キロ減っていました。體重比去年減少了 5 公斤。

● 日照り続きで、ダムの貯水量が減っています。
持續的日照，水庫的水量減少了。

● 給料が減る一方なので、この会社を退職するつもりです。
薪水一直減少，我打算離開這間公司。

● お腹が減りました。肚子餓了。

● 運動と食事で体脂肪を減らしてください。
請以運動和飲食減少體脂肪。

● ゴミを減らす努力をしましょう。努力減少垃圾吧！

● お腹を減らしてから、食事をするように心がけます。
盡量維持讓肚子餓了再吃飯。

113

| 自 負ける | 他 負かす | ・輸，敗；屈服
・打敗；說服，駁倒 |

相手に負ける 　　　　　相手を負かす

- 試合は3対1で負けてしまいました。比賽以3比1輸了。
- 自分から先に連絡をすると彼に負けた気がする。
自己（主動）先聯絡的話，覺得自己好像輸給他了。
- 誘惑に負けて、つい甘いものを食べてしまいました。
經不起誘惑，忍不住吃了甜食。

- 全力で相手チームを負かしたいです。想要竭盡全力打敗對手。
- 相手を負かすためにあらゆる手を使いました。
為了打敗對方，用盡所有的手段。
- 弁護士を言い負かしてしまうほどの説得力があります。
有讓律師也認輸的說服力。

Group C
C-2

自 eる
↓
他 -aす

114

| 自 燃える | 他 燃やす | ・燃燒，著火；激動，充滿
・燃燒…；燃起…，激起… |

紙が燃える　　　　　　　　紙を燃やす

- 山が真っ赤に燃えています。山林燒得一片火紅。
- 燃えないゴミと燃えるゴミを分けておきます。
  分成可燃垃圾和不可燃垃圾。
- オリンピックになると、みんな愛国心に燃えます。
  一到奧運大家就燃起愛國心。
- 怒りに燃えた気持ちが治まりません。因怒氣激起的情緒無法平息。

- 空き地でゴミを燃やさないでください。請不要在空地上燃燒垃圾。
- 火祭は、たいまつを燃やして神を祭る行事です。
  火祭是燃燒火把祭神的儀式。
- 映画製作に情熱を燃やしています。燃起對電影製作的熱情。
- 試合では闘志を燃やして戦いました。在比賽中燃起鬥志迎戰。

C-3 自 -u 他 -aす

動く／動かす	泣く／泣かす
驚く／驚かす	悩む／悩ます
乾く／乾かす	膨らむ／膨らます
済む／済ます	漏る／漏らす
飛ぶ／飛ばす	沸く／沸かす

115

| 自 **動く** | 他 **動かす** |

- 移動；變動，變化，改變；動搖
- 移動…，挪動；改變，撼動；使運作

車が動く　　　　　　　　　車を動かす

- 渋滞の中、車は少しずつ動いています。
  車子在塞車車陣中緩慢的移動。
- 日々世界経済は動いています。每天世界經濟都在變動。
- 金に心が動いてしまいました。對金錢動了心。

- 少し外で体を動かしてきます。到外面去伸展一下身體。
- 市民運動が社会を動かしたのです。市民運動改變了社會。
- この絵は、人の心を動かす作品です。這幅畫是會撼動人心的作品。
- 今となっては、この機械を動かすことのできる人も少なくなりました。現在已經很少人會操作這個機器了。

PART 3

116

| 自 おどろ
驚く | 他 おどろ
驚かす | ● 驚訝，嚇一跳，驚嚇
● 讓…嚇一跳，使…驚訝 |

人が驚く 　　　　　　　　人を驚かす

Group C
C-3

自 u → 他 -aす

- 彼の知識の豊富さに驚きました。
  對他的博學感到驚訝。

- 夜中、突然鳴り響いたエンジンの音に驚いてしまいました。
  被半夜突然響起的引擎聲嚇到了。

- 驚いて、何も言えなくなりました。
  嚇得說不出話來。

- 彼女は突然結婚して、同僚たちを驚かしました。
  她突然結婚，讓同事嚇一跳。

- 今年は世間をあっと驚かすニュースが、たくさんありました。
  今年有很多讓社會驚嚇的新聞。

157

| 自 乾く | 他 乾かす | ・乾，乾燥
・使…乾燥，烘乾，吹乾，晾乾 |

髪の毛が乾く　　　　　　髪の毛を乾かす

- 今日は天気もいいし、洗濯物もよく乾きます。
  今天天氣很好，洗的衣物乾得快。
- 冬は肌が乾きやすいです。
  冬天肌膚容易乾燥。

- 乾燥機で洗濯物を乾かしています。
  正在使用烘乾機將洗的衣物烘乾。
- ドライヤーで髪を乾かしてください。
  請用吹風機吹乾頭髮。

PART 3

118

自 す	他 す
済む	済ます、済ませる[1]

- 結束，完了；解決
- 使⋯結束，做完；使解決

仕事が済む 　　　　　　　仕事を済ます

- 食事が済んだらちょっと散歩に行きましょうか。
  用完餐後去散散步吧！
- 近況報告やたいていの用事はメールで済みます。
  報告近況或大部分的事情都是以 E-Mail 解決。
- 幸いこの事故はけが人が出ずに済みました。
  很慶幸的這個事故沒有人受傷。

- 夜9時までには食事を済ましてください。　請在9點以前吃完晚餐。
- 昼ごはんはコンビニで買ったおにぎりで、簡単にすませました。
  午餐就簡單吃便利商店買的飯糰解決。
- 先に用事を済ましてから、あとでそちらへ向かいます。
  先把事情辦完後再去你那裡。

Group C
C-3

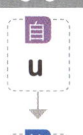

自 u
↓
他 -aす

[1] すます＝すませる

119

| 自 飛ぶ（と） | 他 飛ばす（と） | ・飛，飛起
・放…飛走，吹起，奔馳 |

鳥が飛ぶ　　　　　　　風船を飛ばす

● この飛行機は、予定通り3時に飛びます。
這班飛機按照預定3點起飛。

● 西の空を、多くの渡り鳥が飛んでいます。
西邊天空飛著許多候鳥。

● 観客は音楽とともに、風船を一気に飛ばしました。
觀眾隨著音樂讓氣球飛起。

● 車を飛ばして夜の海岸へたどり着きました。
開快車抵達夜晚的海邊。

120

| 自 泣く | 他 泣かす、泣かせる | ・哭，哭泣
・使…哭泣，令人掉淚 |

泣く　　　　　　　泣かす

Group C
C-3
自 u → 他 -aす

- お腹を空かせた赤ちゃんが泣いています。
  肚子餓的嬰兒在哭。

- 泣いてばかりいないで、ちゃんと訳を話してください。
  不要光是哭，請把原因說一下。

- 子どもの頃、けんかしてよく弟を泣かしました。
  小時候常吵架把弟弟弄哭了。

- 彼の苦労話は、多くの聴衆を泣かせました。
  他的辛酸談讓很多聽眾哭了。

121

| 自 悩む | 他 悩ます、悩ませる | ・煩惱，苦惱，煩心
・使…煩惱煩悶，困擾 |

私が悩む　　　　　　　　私を悩ます

● 彼は職場の人間関係に悩んでいるようです。
他好像為職場的人際關係在煩惱。

● 息子は最近、進路について悩んでいます。
兒子最近為出路而煩惱。

● どれにしようか悩む必要はありません。不需要煩惱決定要哪一個。

● 心を悩ます多くの女性が、占い師のもとを訪れます。
許多有煩惱問題的女性會去算命師那裡。

● 社長は毎月の支払いに頭を悩ませています。
社長為每個月的付款而煩惱。

● 父は長年、腰痛に悩まされています。父親長年為腰痛所苦。

膨らむ｜膨らます・膨らませる[1]

- 鼓起，漲大，凸起；膨脹
- 使…鼓起；使…膨脹

おなかが膨らむ　　　風船を膨らます

- 桜のつぼみも膨らんできました。櫻花的花苞漸漸的鼓起了。
- 妊娠5か月目、お腹も徐々に膨らんできました。
  懷孕到第5個月肚子漸漸的大起來了。
- アメリカへ留学する夢が膨らんでいきます。美國留學夢愈來愈強烈。

- 飾りの風船を膨らましましょう。來吹裝飾的汽球吧！
- 子どもは不満そうに頬を膨らませました。
  小孩一副不滿的樣子鼓起雙頰。
- みんなは期待に胸を膨らましています。大家因期待而心情澎湃。

[1] ふくらます＝ふくらませる

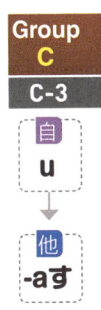

123

| 自 漏る（も） | 他 漏らす（も） | ・漏，漏出（水、氣…）
・使（水、氣…）漏掉，漏出 |

雨が漏る 　　　　　　　　水を漏らす

- 天井（てんじょう）から雨（あめ）が漏（も）っています。雨水從天花板漏下來。
- 水（みず）が漏（も）るバケツは、もう捨（す）ててください。會漏水的水桶請丟掉吧！

- 少（すこ）しの空気（くうき）も漏（も）らさないように、密閉（みっぺい）してください。
  密封時請不要讓任何空氣外漏。

- 小（ちい）さい穴（あな）から徐々（じょじょ）に水（みず）を漏（も）らして、土（つち）は常（つね）に湿（しめ）った状態（じょうたい）を保（たも）っておきます。從小孔慢慢地滴水，讓土壤經常保持濕潤的狀態。

124

| 自 沸く | 他 沸かす | • 燒開，燒熱，沸騰；興奮，激動
• 將…燒開，將…燒熱，使…興奮 |

お湯が沸く　　　お湯を沸かす

- やかんのお湯が沸いた。水壺的熱水開了。
- お風呂が沸いた。洗澡水燒好了。
- 花火の音に観衆が沸いた。觀眾對煙火的聲音很興奮。

- お湯を沸かしてください。請燒開水。
- そろそろお風呂を沸かしましょうか。該燒洗澡水了。
- 選手の好プレーは観客を大いに沸かせました。
選手絕佳實況讓觀眾一片歡聲沸騰。

C-4　自 -る[1]　他 -す (≠ oす)

生きる／生かす	転がる／転がす	伸びる／伸ばす
活きる／活かす	刺さる／刺す	延びる／延ばす
移る／移す	足りる／足す	浸る／浸す
写る／写す	散る／散らす	回る／回す
映る／映す	通る／通す	満ちる／満たす
帰る／帰す	鳴る／鳴らす	充ちる／充たす
返る／返す	治る／治す	戻る／戻す
消える／消す	直る／直す	
下る／下す	残る／残す	

[1] 不含「自 -iる／他 -oす」型。「自 -iる／他 -oす」請參照「C-5」。

自 生きる | 他 生かす[1]

- 活，生存；有用，活用；生動
- 使…存活；使…發揮效用，活用，利用；使有生氣、活潑

魚が生きる　　　魚を生かす

- おじいさんは97歳まで生きました。爺爺活到97歲。
- カバは草を食べて生きている。河馬是以草食為生的。
- これまでの経験が、いつか必ず生きるでしょう。
  截至目前為止的經驗，總有一天會用到的。
- この絵は原色が生きているね。這幅畫原來的色彩很生動。

- 釣った魚をバケツの水に入れて生かしておきます。
  釣到的魚放到水桶中讓牠活著。
- 習った知識を仕事に生かしましょう。想要將所學的知識發揮在工作中。
- 料理は材料の味を生かすことが大切です。
  做菜時靈活運用食材的味道是很重要的。

---

[1] 如果是表示「發揮原來的功能、能力…」的意思，與下頁的「活きる／活かす」互通。
但是表示「存活、靠…維生」等等，就只能用「生きる／生かす」。

126

| 自 活きる | 他 活かす | ・活用，發揮
・發揮…，善用…，活用… |

知恵が活きる　　　　　　　知恵を活かす

- 戦前からの暮らしの知恵が、現代にも活きています。
  戰前的生活智慧，在現代還是能發揮作用。
- 辛いときには、これまでの練習の成果が活きてくるはずです。
  辛苦的時候，之前的練習成果應該能發揮作用。

- 茶道の知識は、普段の生活の中でも活かしていけます。
  茶道所學習的知識也能靈活運用在日常生活中。
- これまでの経験を活かして、がんばります。
  發揮到目前為止的經驗，努力以赴。

PART 3

127

自 うつ	他 うつ
移る	移す

- 搬移、搬遷；轉變，改變；傳染；（顏色、香味…）沾上
- 將…搬移、挪動；傳染；沾上（顏色、香味…）

新居へ移る 　　　いすを移す

Group C / C-4
自 -る → 他 -す

● 仕事の都合でアメリカに移ることになりました。
因工作的緣故要搬到美國去。

● ジャズからクラシックに興味が移っていきました。
興趣從爵士樂轉移到古典樂。

● この病気はすぐ人に移るから、危険です。
這個病隨時會傳染給別人，所以很危險。

● 焼肉のにおいが服に移ってとれません。
烤肉的味道沾到衣服上無法去除掉。

● 製造業は海外に生産拠点を移すようになりました。
製造業把生產線移轉到海外了。

● 下のほうに視線を移してみると、海の景色が目に飛び込んできました。將視線轉移到下面，海的景色映入眼中。

● 家族に僕の風邪を移してしまいました。我把感冒傳染給家人了。

● 香水の香りをハンカチに移します。讓香水的香味沾到手帕上。

128

自 うつ	他 うつ	
写る	写す	• 拍照 • 拍攝；抄寫

写真に学校が写る　　　　　　　鳥を写す

- これは友達と一緒に写っている写真です。
  這是和朋友一起拍的照片。

- このカメラは小さいが、きれいに写るんです。
  這個相機雖小，但拍出的相片很美。

- 旅行先で写した風景の写真です。
  這是旅行時拍的照片。

- 友達のノートを写しています。
  抄朋友的筆記。

129

| 自 映る | 他 映す | ・（光、影…）反射，映照；映入
 ・映，照（光、影…）；投射，反映，放映 |

月の光が映る 　　　　　　　顔を映す

- 月の光が水に映っていました。月光映照在水面上。
- 窓に人影が映っています。窗戶上映著人影。
- 女優は自分が人の目にどう映るかを、常に意識しています。
  女明星經常在意自己在別人眼中的樣子。

- 鏡に顔を映します。臉映在鏡子中。
- 富士山が湖にきれいな姿を映しています。
  富士山映照在湖中的美麗姿態。
- スライドを映してみんなに見せました。拍成幻燈片播給大家看。
- 歌謡曲は、その時代の世相を映しています。
  歌謠反映那個時代的世態。

自 帰る　他 帰す
- 回家，回去
- 讓…回家

家に帰る　　　　　　生徒を帰す

- 会社からまっすぐ家に帰ることが多いです。
  我大部分都是從公司直接回家。

- では、そろそろ帰ります。
  差不多應該回去了。

- 北島さんを手ぶらで帰すわけにはいかないと思いました。
  不能讓北島空手回家。

- 台風のため、先生は生徒を早めに帰しました。
  因為颱風的緣故，老師讓學生提早回家。

返る / 返す

- 歸還，退回；返回，回應
- 歸還…；回報…，回應…

手紙が返る　　　　　　本を返す

- 財布は落とし主に無事に返りました。錢包順利地歸還原主。
- あて先不明で、出した手紙が返ってきました。
  因收信地址不明，信退回來了。
- 初心に返って、基本からやり直そうと思います。
  想要回到初衷，再從基本重來。
- 子どもたちの元気な返事が返ってきました。小孩們很有精神的應答。

- 図書館に本を返しました。將書還給圖書館了。
- 使い終わったら、元のところに返してください。用完之後請放回原處。
- 恩を仇で返すなんて、ひどいね。恩將仇報，真是太過分了。
- 何を言われても、返す言葉がありません。不管被怎麼說，都無言以對。

自 消える | 他 消す

- （光、火、煙…）熄滅；消失；消除，除去
- 熄滅（光、火、煙…）；關掉，消失，去除，擦拭

火が消える 　　　　　　　　火を消す

- 風で火が消えました。風將火熄滅了。
- 街の明かりが消えていきました。街燈相繼地熄了。
- 突然電気が消えて、部屋は真っ暗になりました。
  電燈突然熄了，房間變成一片漆黑。
- 煙が空に消えていきます。煙在空中消失而去。
- ワインを少し入れると、臭みが消えるそうです。
  聽說加一點葡萄酒，臭味就可消除。
- 彼のアドバイスで、不安が一気に消えました。
  他的建言，將我的不安一口氣掃除了。

- ローソクの火を消しました。
  將蠟燭的火熄滅。

- 寝るときはエアコンを消してください。
  睡覺時請關冷氣。

- テレビを消して静かに本を読みましょう。
  將電視關了,安靜的看書吧!

- 黒板の字を消しておきます。
  將黑板的字擦掉。

- その男はある日、みんなの前から姿を消しました。
  那個男人從那一天之後就在大家面前消失了。

- レモンを使って、嫌な臭みを消します。
  用檸檬去除討厭的臭味。

Group C
C-4

自 -る
他 -す

133

| 自 下る | 他 下す |

- （命令、宣告、判決…）下達，宣判；腹瀉；下行
- 下達（命令、宣告、判決…）；腹瀉；打敗

命令が下る 　　　　　　　命令を下す

- 懲役13年の判決が下りました。13年刑期的判決宣判了。
- 坂を下って海へ続く道に出ました。下了斜坡走到往海邊的路。
- 船で川を下っていきます。搭船沿河而下。
- お酒をたくさん飲んだ翌朝、お腹が下るのはなぜですか。
  為什麼喝了很多酒的隔天早上會拉肚子？

- 司令長官は攻撃の命令を下しました。司令官下達攻擊的命令。
- 法律に基づいて、的確な判断を下します。根據法律做出正確的判決。
- 判定勝ちで相手を下し、優勝が決まりました。
  以判定取勝打敗對手，贏得冠軍。
- 食べ過ぎておなかを下してしまいました。吃太多，吃壞肚子了。

PART 3

134
自 転がる | **他 転がす**
- 滾動；倒下；打滾
- 滾動，轉動；伴倒，翻倒

ボールが転がる　　　　ボールを転がす

Group C
C-4

自 -る
↓
他 -す

- 坂の上からボールが転がってきました。球從斜坡上滾下來。
- 子供たちが、芝生の上を転がって遊んでいます。
  小孩們在草坪上打滾玩耍。
- 地面にお空き缶が転がっています。空罐子在地上滾。

- ボールを転がしながら、ゴールを目指して走ってください。
  請一面滾著球一邊朝終點跑。
- 丸太を転がすようにして運びます。原木要滾動著搬運。
- 土俵の中央に相手を転がす。在土俵中央將對方撂倒。

135

| 自 刺さる（さ） | 他 刺す（さ） | ・刺，扎
・刺入，扎，蜇 |

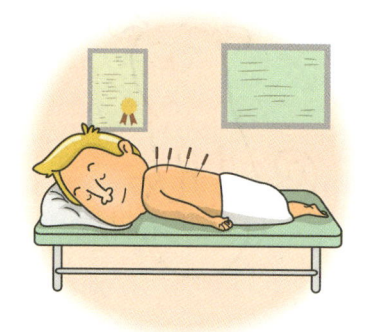

針が刺さる 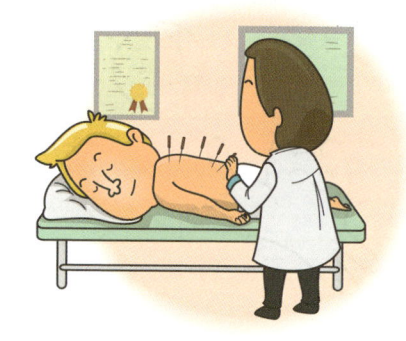　　　　　　　　針を刺す

● 魚の骨がのどに刺さっています。
　魚骨刺在喉嚨。

● 友達の何げない言葉が、胸にグサッと刺さりました。
　朋友無心的話刺疼痛了心。

● 針で指を刺してしまいました。
　針刺到手指了。

● 蜂に刺されて、手がみるみるうちに腫れてきました。
　被蜜蜂刺到，手漸漸腫起來。

PART 3

自 足りる｜他 足す
- 足夠
- 加…，添加

いすが足りない　　　いすを足す

Group C / C-4
自 -る → 他 -す

- コップが足りないので、二つ持ってきてください。
  杯子不夠，請拿二個過來。
- 昼食は1000円あれば足りるでしょう。有一千日圓就夠吃中餐了吧！

- 人数が増えたので、いすをあと５つ足しましょう。
  人數增加了，再加５張椅子吧！
- 味が濃すぎるので、水を少し足したほうがいいですよ。
  味道太重了，加點水比較好。

137

| 自 散る | 他 散らす | ・凋謝，散落；分散，渙散
・弄散，吹落；分心，使渙散 |

花が散る　　　　　　　　　花びらを散らす

- 来週には、この桜も散ってしまいます。下週這櫻花也要謝了。
- 真っ赤な火花が散っています。火紅的煙火散開了。
- うるさくて、気が散ります。吵得我無法集中精神。

- 風が花びらを散らしています。風把花瓣吹落了。
- カラスがゴミを散らしてしまいました。烏鴉把垃圾弄亂了。
- 気を散らさないで、集中してください。請不要分心，集中精神。

通る｜通す

- （某處）通過，經過，穿越；合格，通過；（風、光、聲音…）通暢，通透，暢透；前後一貫
- 使通過（某處）；使合格，使（風、光、聲音…）通暢，通透，暢透；使貫通到底

車が通る　　　　　　　　人を通す

- トンネルを通って、海へ行きました。穿過隧道，到海邊。
- 審査で、私の論文がやっと通りました。我的論文終於審查通過了。
- 彼女の提案が通って、今年度の予算が組み直されました。
  她的提案通過，今年度的預算重新編列。
- 私の部屋は風がよく通るので、日中も涼しいです。
  我的房間很通風，白天也很涼快。
- 先生のよく通る声が教室に響いています。老師宏亮的聲音響徹教室。
- 彼は変わり者で通っています。他以怪人出名。

- 車を止めて、歩行者を通します。
  停下車子，讓行人通過。
- お客様を座敷に通してください。
  引領客人到和室。
- この提案を通すためには、上司を納得させる必要があります。
  為了讓這個提案通過，需要讓上司同意。
- カーテンを開けて、部屋に光を通してください。
  請拉開窗簾，讓光線透進來。
- 彼の話は、筋がまったく通っていません。
  他的談話，完全不合理。
- 彼は立場を利用して、無理を通したようです。
  他利用立場，讓不合理的事通過。
- 彼女は生涯、独身を通しました。
  她一生都是單身。

PART 3

139

| 自 治る（なお） | 他 治す（なお） | ・痊癒，治癒
・醫治…，治療 |

病気が治る　　　　　　　　　病気を治す

Group C
C-4
自 -る → 他 -す

- 病気が治って元気になりました。病痊癒，有精神了。
- 試合で痛めた肩の怪我が、ようやく治りました。
  因為比賽而受傷的肩膀終於痊癒了。

- 病気を治して、一日も早く復帰してほしいです。
  希望能早日將病治好，早一點回到工作崗位。
- 手術で怪我を治そうと思います。想用手術療傷。

| 自 直る(なお) | 他 直す(なお) | • 修理；改正，修改；復原
• 修理…；修改，改正；使傷原 |

パソコンが直る　　　　パソコンを直す

- やっとパソコンが直りました。電腦終於修好了。
- 投球の際の悪い癖が、なかなか直りません。投球時的壞習慣很難改。
- 機嫌が直るまでに、時間がかかります。心情變好，需要花時間。

- パソコンを直してもらいました。請人家修理電腦。
- 悪い癖を直す努力をしてください。請努力改掉壞習慣。
- 文章を直す仕事を、校正と言います。修改文章的工作叫做校正。

141

| 自 鳴る | 他 鳴らす |

- （聲響）鳴，響
- 使發出聲響，敲響

目覚まし時計が鳴る 　　　ベルを鳴らす

- ケータイが鳴っていますよ。
  手機響了。
- 授業中、お腹が鳴ってしまいました。
  上課時肚子叫了。

- 玄関のベルを鳴らしました。
  按了玄關的門鈴。
- 指を鳴らしてリズムをとりましょう。
  彈個手指抓節奏吧！
- 彼の記事は、我々の現代社会に警鐘を鳴らしています。
  他的報導對現代社會敲起了警鐘。

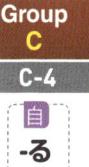

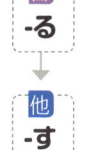

142

| 自 残る | 他 残す | ・留下，剩餘；殘存，留傳
・留下…，剩下…；遺留… |

一つ残る 　　　　　　　　　　一つ残す

- 彼はいつも遅くまで会社に残っていました。他經常在公司待到很晚。
- 出張で残ったお金は、経理部に返してください。
  將出差剩下來的錢還給會計部門。
- 最後の一言が、今も耳に残っています。最後的一句話，還停留耳邊。

- 一人息子のため、遺産を残します。為獨子留下遺產。
- この町は、昔の面影をよく残しています。這個鄉鎮還留有昔日的面貌。
- 会議の記録を残しておきます。將會議記錄留下來。

伸びる / 伸ばす

- 伸長，變長；伸展；提昇；抹平；擴展，進步；失去彈性（麵條）
- 將…拉高，延展；提昇；拉平；稀釋

背が伸びる　　　　背を伸ばす

- 一年でずいぶん背が伸びましたね。一年內長高很多。
- 庭の草が伸びてしまっています。院子的草長長了。
- 実力が伸びるまでに、時間がかかります。提昇實力要花時間。
- 近年、ペットボトル飲料の売り上げが伸びています。
  近年來寶特瓶飲料的銷售提昇了。
- このクリームは、しわが伸びると評判です。
  這個面霜以能抹平縐紋而深受好評。
- 社長の言葉に、背筋が伸びる思いがしました。
  社長的一席話讓我正襟危坐。

- ストレッチで身長を伸ばすことが出来るらしいですよ。
  聽說利用伸展運動，可以拉高身高。
- パンの生地を均等に伸ばしてください。
  請將麵包的麵團均勻的捍開。
- 個性を伸ばすゆとり教育。
  發展特色的寬鬆教育。
- 売り上げを伸ばす方法を考えます。
  思考提昇業績的方法。
- 洗濯物のしわを伸ばして、干します。
  將洗的衣服的縐摺拉平後晾曬。
- 両手を上げて腰を伸ばしました。
  將雙手提起伸展腰部。

延びる（自）／延ばす（他）

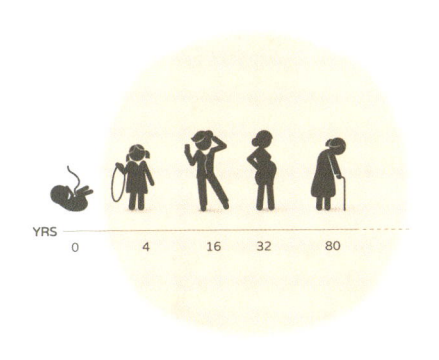

- 延長，延期；延伸
- 延長…，延期，推延…

寿命が延びる

運動で寿命を延ばす

- 人間の寿命が、徐々に延びています。人類的壽命漸漸地延長。
- 出発日が来週に延びました。出發的日子延後到下週。
- 地下鉄の路線が沿岸まで延びるそうです。
  聽說地下鐵的路線會延伸到沿岸。

- 専門医が寿命を延ばす方法を解説してくれます。
  專科醫生為我解說延長健康壽命的方法。
- 出発をあと２日延ばしてください。請將出發時間再延後二天。
- できるだけ返事は引き延ばしておきます。儘可能拖延回覆。

| 自 ひた **浸る** | 他 ひた **浸す** | ・浸泡；沉浸，沉溺，陶醉
・將…浸泡於水中；使沉浸 |

野菜が浸る　　　　　　　　　　野菜を浸す

- 野菜が完全に浸るまで、鍋に水を注ぎます。
  在鍋內加水到蔬菜都浸泡在水中為止。
- 演奏が終わっても、しばらく感動に浸っていました。
  演奏結束之後還是有段時間沉溺於感動之中。

- 洗ったお米は、水に5分程度浸しておきます。
  將洗好的米浸泡在水中約5分鐘。
- 手を消毒液に浸してください。請將手浸泡在消毒水中。
- 昔の歌を聴きながら、甘い感傷に身を浸す。
  聽著老歌，讓自己沈浸在甜蜜的感傷裡。

146

| 自 回る | 他 回す | ・轉動，旋轉；巡視
・使轉動；傳遞…；調動 |

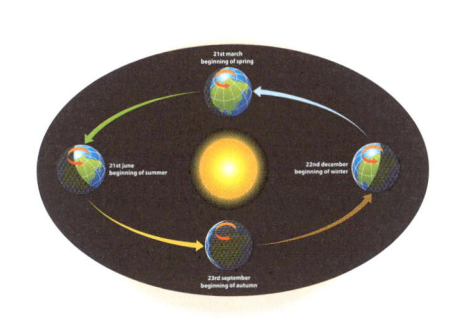

地球が回る　　　ボールを回す

- 地球は太陽の周りを回っています。地球繞著太陽周圍轉動。
- このバスは市内各所を回って、市役所へ行きます。
  這輛公車繞了市內各地之後前往市政府。

- 腕を大きく回して、軽く背伸びをしてください。
  手臂繞大圈，輕輕伸展背部。
- この本は、みんなで回して読んでください。把這本書讓大家傳閱。
- 営業部の佐藤さんを編集部に回す。把業務部的佐藤先生調到編輯部。

147

| 自 満ちる | 他 満たす | ・充滿，滿溢；漲潮
・滿足…，填滿…，符合 |

香りが満ちる　　　　　香りで部屋を満たす

- 部屋には花の香りが満ちています。房間內充滿著花香。
- 自信に満ちた表情で語っていました。以充滿自信的表情說話。
- 潮が足元まで満ちてきました。潮汐漲到腳邊了。

- 母の手作りカレーでお腹を満たしました。
  吃媽媽親手做的咖哩，吃得很飽。
- 子どもたちの好奇心を満たす教材を作ります。
  製作可以滿足小孩好奇心的教材。
- 応募規定の条件を満たしています。符合應徵規定的條件。

148

| 自 充ちる | 他 充たす ❶ | ・充滿，填滿
・滿懷，充滿 |

希望に充ちる 　　　　　感謝の気持ちを充たす

Group C
C-4
自 -る → 他 -す

- 事件は謎に充ちています。 事件充滿了謎團。
- 希望に充ちあふれた未来が待っています。 充滿希望的未來在等著您。

- 充たされた人生だったと、彼は振り返っていました。
  他回顧了過去，認為自己的人生很充實。

- 感謝の気持ちを充たしたカードを贈りましょう。
  送一張充滿懷感謝心意的卡片吧！

❶「**充ちる／充たす**」同「**満ちる／満たす**」。但是「滿潮、滿月」等意思，用「**満ちる／満たす**」。

149

| 自 **戻る** もど | 他 **戻す** もど | ・回到，返回；退回
・歸還；返回；調回；
（香菇乾或海帶芽乾…）泡發 |

席に戻る　　　　　　　　　資料を戻す

- 自分の席に戻ってください。請回到自己的座位。
- 退院した翌日、すぐに職場に戻りました。
  出院第二天，馬上返回工作崗位。
- ここから１キロほど戻ると、無料駐車場があります。
  從這裡再往回走大約一公里左右，有免費停車場。
- 株価が前日の水準まで戻りました。股價回到了前一天的水準。

- 資料を元の場所に戻しておきます。將資料放回原來的地方。
- 話をもとに戻しましょう。將話題回到原點吧！
- 時計の針を３分戻しました。將時針往回調３分鐘。
- 海藻を水で戻してください。海帶芽請用水泡發一下。

C-5 自 -iる 他 -oす

起きる／起こす　　降りる／降ろす

落ちる／落とす　　過ぎる／過ごす

下りる／下ろす　　滅びる／滅ぼす

150

| 自 起きる | 他 起こす | ・立起；起床；發生（紛爭）
・使立起；叫醒；引發，犯下（紛爭）；使產生 |

妹が起きる　　　　　　　妹を起こす

- あの子は転んでも、すぐ起き上がります。
  那孩子雖然跌倒了，馬上就爬起來。
- 寒い朝は起きるのが辛いです。在寒冷的早晨起床很痛苦。
- 事故が起きてから丸１年が経ちました。事故發生至今已整整一年了。

- 倒れた自転車を素早く起こしてください。
  請將倒下的腳踏車快速地扶起來。
- 毎朝６時半に娘を起こしています。每天早上６點半叫女兒起床。
- あの凶悪事件を起こした犯人は、もう捕まりましたか。
  那個兇惡事件的犯人已經被逮捕了嗎？
- 目標を掲げて、やる気を起こしましょう。標列出目標，激起幹勁吧！

151

| 自 落ちる | 他 落とす |

- （由上而下）掉落，摔下；變差，衰弱，減低；（髒污、顏色…）脫落；遺漏；不及格，落選；落入，陷入
- 使掉落，扔下；使變差，使衰弱，使減低；使（髒污、顏色…）脫落；使遺漏；使不及格，落選；使…陷入

りんごが落ちる 　　　　　　　りんごを落とす

- 先日、子どもが階段から落ちて、けがをしました。
  前幾天孩子從樓梯上掉下來受傷了。
- あの店の料理は味が落ちたと言われています。
  大家都說那家店的料理味道變差了。
- 上り坂で、自動車のスピードが急に落ちました。
  上坡路段汽車突然減速了。
- 一生懸命洗っても、なかなか汚れが落ちません。
  即使努力的洗，污垢也很難洗得掉。
- 財布が落ちています。這裡掉了一個皮夾。
- リストから、わが社の電話番号が落ちています。
  名單上漏了我們公司的電話號碼。

- がんばって勉強したんですが、大学入試に落ちてしまいました。
  雖然用功讀書了，但大學考試還是落榜了。
- 相手の策略に、簡単に落ちました。
  簡單的就掉入對手的策略中了。

- 子どもが皿を落として割ってしまいました。
  小孩把盤子掉在地上，打破了。
- 彼は汚職で、信用を落としてしまった。他因貪汚而失去信用。
- 車のスピードを落としてください。請將車速減慢。
- 人に聞かれないように、声を落として話してください。
  為了不讓別人聽見，請把音量降低。
- 頑固な汚れを落とす洗剤。可以去除頑強污垢的清潔劑。
- どこかで財布を落としてしまいました。錢包不知道掉哪了。
- 60点以下の生徒は、容赦なく落とすつもりです。
  打算將60分以下的學生毫不留情地當掉。
- それは、人を罪に落とす罠です。那是陷人入罪的陷阱。

152

自 下りる | **他 下ろす**
- （上→下）下來，降落；（命令、許可、金錢…）發放
- 取下，拿下；取出…

2階から下りる　　　荷物を下ろす

- 息子は、朝になっても二階から下りて来なかった。
  到了早上，我兒子還是不從二樓下來。
- 拍手とともに幕が下りてきました。隨著掌聲幕也落下來了。
- 来月から年金が下ります。下個月開始年金發放。

- 車から荷物を下ろしました。從車上卸下行李。
- 挙げた手を下ろしました。將舉起的手放下。
- 貯金を下ろして、旅行代金に充てます。取出存款充當旅行費用。

Group C
C-5

自 -iる → 他 -oす

自 降りる｜他 降ろす[1]

- （從交通工具離開）下車，下來；退下，辭職
- 使下車（從交通工具離開），降下；降職

電車を降りる 　　　　　　乗客を下ろす

- 電車を降りて、バスに乗り換えましょう。下電車換搭公車吧！
- 私は次の駅で降ります。我在下一站下車。
- 管理職を降りて、今は嘱託職員として勤務しています。
從管理職務退下後，現在以約聘人員的身分在工作。

- 車掌は無事に乗客を降ろしました。車掌讓乘客平安的下車了。
- 次の信号の手前で降ろしてください。請在下一個紅綠燈前讓我下車。
- 彼はA社の営業担当から降ろされてしまいました。
聽說他被迫從A公司的營業主管的職位退下來了。

---

[1] 根據「文化審議会国語分科会」的「『異字同訓』の漢字の使い分け例（報告）」中表示：
「降りる／降ろす」是「從交通工具離開；由高處往低處；使辭職。」
「下りる／下ろす」則是表示「由上而下動作；切斷；領出；新做…」。

154

| 自 **過ぎる** | 他 **過ごす** | （時間）過了，經過；結束；過分，超過
 度過時間，流逝，渡過；過度 |

冬が過ぎる　　　　　　一日を過ごす

- 始まってから、1時間過ぎました。從開始已經過了一小時了。
- 寒い冬が過ぎると、いよいよ春がやってきます。
  寒冷的冬天結束後春天終於要來了。
- 過ぎたことは、もう忘れてしまいました。已經結束的事情都忘記了。

- 一日の大半は、釣りをして過ごしています。
  大半天的時間都以釣魚渡過。
- 日本で過ごした日々を、よく思い出します。
  經常想起在日本度過的時光。
- お久しぶりです。近頃どのようにお過ごしですか。
  好久不見！最近過得怎樣呢？

Group C
C-5

自 -iる
↓
他 -oす

155

| 自 滅びる（ほろ） | 他 滅ぼす（ほろ） |
- 毀滅，滅亡
- 毀滅…，使…消滅

町が滅びる　　　　　　　町を滅ぼす

- たった一発の原子力爆弾によって、この町は滅びてしまいました。只不過是一顆原子彈就讓這個城市毀滅了。
- 紀元前206年に、秦帝国は滅びました。秦朝在西元前206年滅亡了。
- 革命で一族が滅んで、家系は途絶えてしまいました。
因為革命整個家族被滅之後，香火就斷絕了。

- 内戦が国を滅ぼすに至りました。内戰終於導致國家滅亡了。
- 彼は以前、借金で身を滅ぼしたそうです。
聽說他以前因借款而自毀前程。
- 敵を滅ぼして、覇者となりました。滅掉敵人成為霸主。

Group C 練習問題

PART 3

01
A 吉田選手、試合終了の瞬間、顔に笑みを（こぼれて・こぼして）いらっしゃいましたが。

B はい、勝った瞬間、思わず笑みが（こぼれて・こぼして）しまいました。これまで涙を（こぼし・こぼれ）ながら、つらい練習に耐えてきたかいがありました。

02
A 水路から水を（流れて・流して）、田んぼに水を張ってください。

B この水路には、上流から（流れて・流して）くる川から引いた水が（流れて・流して）いるんですね。

03
A あれ、変だなぁ。この時計、5分（遅れて・遅らせて）いるんじゃない？

B わざと（遅れて・遅らせて）いるのよ。出勤時間に（遅れ・遅らせ）ないように、少し早めの時間にしてあるのよ。

04
A ボールを地面に置いたら、ゆっくり手を（放れて・放して）ください。そして後ろに下がり、ボールから2，3メートル（離れた・離した）ところで助走を始めます。勢いよくボールに近づき、そのまま思いきり蹴ってください。

Group C
C-5
自 -iる
↓
他 -oす

05

A この箱は（潰れ・潰し）やすいから、運ぶときは気をつけてくださいね。

B はい、特に角を（潰れ・潰さ）ないように、しっかり持っておきます。

06

A レストランは混んでいるだろうから、少し時間を（外れて・外して）行こうか。

B もう1時半ですから、ピークは（外れた・外した）んじゃないでしょうか。

07

A 彼女は自分の気持ちを（隠れて・隠して）いたようです。

B しかし、もっと彼女の言葉を注意深く聞いていたら、所々（隠れた・隠した）本音が見えてきたはずですよ。

08

A （汚れた・汚された）服のままで、家の中に入らないでよ。

B 服は（汚れて・汚せて）ていないよ、靴はちょっと（汚れない・汚した）けど、服はきれいだよ。

09

A 試合終了の瞬間、両者ともリング上で（倒れ・倒し）てしまいました。

B いい試合でした。お互いこれまで、相手を（倒れる・倒す）ために一生懸命練習に励んできましたからね。

PART 3

Group C 練習問題

10
- **A** この情報が社外に（漏れる・漏らす）と大変なことになる。これは絶対誰にも（漏れ・漏らさ）ないようにしてください。
- **B** はい、うっかり（漏れて・漏らして）しまわないように、気をつけます。

11
- **A** この文章は、作者のどのような思いが（表れ・表し）ていると思いますか。
- **B** 例えば、会話の部分は全てその地の方言で書き（表れ・表され）ていることなどから、作者の故郷を懐かしむ気持ちが強く（表れ・表し）ていると、私は思います。

12
- **A** お子さん、今年の春から幼稚園ですね。
- **B** はい、最初は新しい環境に（慣れない・慣らさない）んじゃないかな…。
- **A** 泣いたり、嫌がったりしないか、親としては心配ですね。
- **B** それで、今から少しでも（慣れて・慣らして）おこうと思って、小さい子供が集まるイベントなんかに連れていったりしているんですけどね。

13
- **A** 監督、舞台の準備が（遅れて・遅らして）いるので、開演時間を少し（遅れ・遅らせ）ようと思うんですが…。

205

B それはだめだ。観客の皆さんは今日のこの日を楽しみにしていたんだよ。開演時間に（遅れ・遅らせ）ないように、仕事が終わったら、その足で急いで来てくださった方もいるんだから。

14

A 上方から水を（流れ・流し）て、川が（流れる・流す）ような演出でお客さんを喜ばせる「（流れる・流される）プール」がここの人気です。

15

A ダイエットには、体脂肪を（燃える・燃やす）運動が効果的だということですか。

B その通り。軽く息が上がるぐらいの運動量を一定時間維持させる方が、内臓脂肪が（燃え・燃やし）やすく、体脂肪率の低下につながるそうです。

16

A この地に伝わる貴重な伝統文化が今後も（絶える・絶やす）ことのないよう、次世代を担う若者が引き継いでいくことが大切です。

B そうですね。この民俗伝承は、この村に住む我々が決して（絶えて・絶やして）はならない宝だと思っています。

17

A 今日も忙しくなりそうですね。この時期、仕事は（増やす・増える）一方です。

B 会社の収益が（増やす・増える）のはいいことだけど、このままじゃ体が持たないよ。今後はできるだけ仕事を（減って・減らして）、残業時間を（増えない・増やさない）努力が必要じゃないかな。

18
A 子供が発熱した際は、体のどの部分を（冷えれば・冷やせば）いいでしょうか。

B 効果的な体の（冷え・冷やし）方は、リンパの集まる部分、つまり足の付け根やわきの下などに、水を固く絞ったタオルを当ててください。氷などを直接肌に当てると、体が（冷え・冷やし）すぎることになりますので逆効果です。

19
A あと少しで蝉を取り（逃がし・逃げ）ちゃったんだって？

B 取っているときに網から（逃げた・逃がした）んじゃなくて、虫かごに入れておいたんだけど、穴が開いていたから、知らない間にそこから（逃がし・逃げ）ちゃったんだ。

20
A ああ、眠い。どうしたらこの眠気を（覚める・覚ます）ことができるかな。

B コーヒーを飲むと目が（覚める・覚ます）んじゃない？

21
A 2時間の会議を経て、ようやく結論が（出た・出した）ようです。

B しかし、この議案について、結論を（出る・出す）のはまだ時期尚早ではないでしょうか。

22

A 紙飛行機を(飛ぶ・飛ばす)のなら、あっちで遊んでおいてよ。

B でもこれ、あまり (飛ばない・飛ばさない)んだ。もっと高く(飛べる・飛ばれる)ようにするには、どう作り直せばいいのかな。

23

A 子供の教育に頭を(悩む・悩ます)親の気持ちを、理解してあげてください。

B はい。でも子どもたちも、彼らなりに学校の勉強や友だち、家族のことなど、たくさんのことに(悩んで・悩ませて)いることもわかってほしいんです。

24

A このパソコン、使っている途中で突然(動か・動かさ)なくなっちゃったんだけど…。

B 本当?おかしいなぁ。さっきまで普通に(動いて・動かして)いたんだけどなぁ。

25

A よく授業中に、ケータイ音が(鳴って・鳴らして)いるのを聞くけど、どうして電源を切っておかないのかな。

B そうね、SNSの着信音なんかも、(鳴らない・鳴らさない)でほしいよね。

PART 3

Group C

練習問題

26
A このお魚料理、中までちゃんと火が (通って・通して) ないみたいなんだけど…。
B あら、本当。魚介類は完全に火を (通って・通して) からでないと、安心して食べられないよね。

27
A あれ、変だな。このドアノブ、右にも左にも (回らない・回さない) んだけど…。
B ドアノブを (回さ・回ら) なくても、ドアは押すだけで開けられるんだよ。

28
A 来週から旅行だし、早く風邪、(治らなきゃ・治さなきゃ)。
B まだ (治さ・治して) ないの？じゃあこの薬、飲んでみて。よく効くから、すぐ (治す・治る) よ。

29
A あの人、このチームの監督から (下ろす・下りる) つもりはないって言ってたけど、結局 (下ろし・下り) ちゃったんだ。
B まあ、最終的には (下ろされた・下りられた) んだと思うよ。今季のこの成績じゃあね…。

30
A 友達に貸したお金が (返って・返して) こないって言ってたけど、あれからどうなった？

209

B それが昨日、やっと (返って・返して) くれたんですよ。
A それはよかった。でもどうしてその人、2ヶ月も (返ら・返さ) なかったんだろうね。

31
A あの二人、離婚するって言ってたけど、よりが (戻した・戻った) みたいね。
B うん、やはり子供のことを考えて、よりを (戻す・戻る) ことにしたんだって。

32
A しばらく見ないうちに、ずいぶん髪が (伸びた・伸ばした) ね。
B はい、去年から (伸びて・伸ばして) いるんです。成人式で着物を着るとき、似合う髪型にしたいですから。

33
A 被害者には、刃物のような物で腕を (刺さった・刺された) 傷が残っていたそうだ。
B かなり深い傷のようだね。恐らく犯人は強い力で一気に (刺さった・刺した) のだろう。

34
A コーチ、練習の最後にトラック一周 (回って・回して) きます。
B そうだな。腰を (回り・回し) ながら、ゆっくり歩いて (回って・回して) きなさい。

練習問題 Group C

35
- A: 水だけでは（落とさ・落ち）ない頑固な汚れには、ぜひこの洗剤をお使いください。汚れた部分に2，3滴（落とし・落ち）て揉み込むだけで、ほら、お驚くほどきれいに（落とせ・落ちられ）ますよ。

36
- A: お母さん、明日の朝は6時に（起こされ・起こし）てくれない？クラブの朝練があるから。
- B: （起こす・起きる）のはいいけど、早智子、ちゃんと（起こさ・起きら）れるの？先週だって何回（起こし・起き）ても、なかなか（起こし・起き）てこなかったじゃい。
- A: 明日は絶対、ちゃんと（起こす・起きる）わよ。だから、よろしくね。

37
- A: 一年の留学期間は、あっという間に（過ぎ・過ごし）てしまいました。明日の飛行機で台湾に帰国します。ありがとうございました。
- B: こちらこそ、いっしょに（過ごせ・過ごさせ）て、楽しかったです。どうぞ、お元気で。

38
- A: うちの子、中学生になって急に成績が（落とし・落ち）始めたんです。
- B: 大変。どうして（落として・落ちて）いったのか、心当たりはある？
- A: 私立中学の受験に（落とし・落ち）ちゃったじゃない。その失敗が影響してるのかしら…。授業の単位だけは（落とさない・落ちない）でほしいんだけど。

GROUP D　その他

D-1　自 -u／自 -る　他 -eる

開く／開ける	育つ／育てる	調う／調える
空く／空ける	揃う／揃える	整う／整える
痛む／痛める	立つ／立てる	並ぶ／並べる
傷む／傷める	建つ／建てる	止む／止める、辞める
浮かぶ／浮かべる	違う／違える	緩む／緩める
落ち着く／落ち着ける	近づく／近づける	似る／似せる ❶
片付く／片付ける	縮む／縮める	乗る／乗せる
傾く／傾ける	付く／付ける	載る／載せる
懲りる／懲りしめる	点く／点ける	入る／入れる
沈む／沈める	続く／続ける	
進む／進める	届く／届ける	積もる／積む ❷

❶ 不同於前面，這裡是「自 -る／他 -eる」規則。

❷ 「積もる／積む」不符合「自 -u・自 -る／他 -eる」規則。
　因為只有一組，難以歸類介紹，所以勉強將其依「自 -る」的原則，放在這裡說明。

PART 3

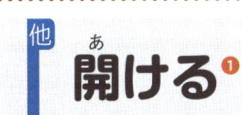

156

| 自 開く | 他 開ける① | ・開，打開；開始營業，開演
・打開…；開門，張開 |

窓が開く　　　　　　窓を開ける

- 寒いと思ったら、窓が開いていました。
  覺得很冷，結果發現窗戶是開著的。

- 瓶の蓋が、硬くてなかなか開きません。瓶蓋栓得緊緊的，一直打不開。

- あの店は9時に開くはずです。那家店應該是9點開門的。

- 鍵をなくして、ドアを開けることができませんでした。
  弄丟了鑰匙，無法開門了。

- 私が良いと言うまで、目を開けないでください。
  到我說好為止請不要張開眼睛。

- 朝から店を開けて、お待ちしております。一早開店等候您的光臨。

---

① 「あける（開ける）」：表示從單一邊將緊閉的……打開。
　　　　　　　　　　例：かばんを開ける。（將行李打開。）

「ひらく（開く）」：表示從中間將緊閉的……打開。例：本を開く。（將書打開。）

另外，「ひらく」可作自動詞或是他動詞（「自動ドアが開く」），「あける」只能作他動詞。

Group D

D-1

自 -u/-る

↓

他 -eる

157

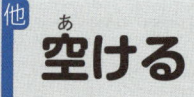

自 空く	他 空ける
	・空，空著；有空閒，空缺 ・空出…，騰出；把時間空出來

席が空く 　　　　　　　　　席を空ける

- あそこに一つだけ、席が空いていますよ。
  那邊只有一個位置是沒人坐的。
- 手が空いたら、手伝ってくれませんか。有空時可以幫我一下嗎？
- パソコンが空いたら、ちょっと貸してください。
  電腦不用時，可以借我一下嗎？

- 午後からお客さんが来ますから、会議室を1つ空けておいてください。下午有客人要來，請空出一間會議室。
- 明日の午後、時間を空けてお待ちしております。
  明天下午我會把時間空出來，靜候光臨。
- 旅行で2、3日、家を空ける予定です。預定去旅行2、3天，不會在家。

痛む / 痛める

- 自 **痛む** | 他 **痛める**①
  - 疼痛，痛苦；痛心，悲痛，煩惱
  - 使…疼痛；使困擾，使傷腦筋

傷口が痛む　　　　　　　傷口を痛める

- 傷口が痛んで、昨夜は眠れませんでした。傷口很痛，昨晚都睡不著。
- 歯がズキズキ痛んで、何も食べられないんです。
  牙齒一陣陣地痛，無法吃任何東西。
- 戦争の映像を見るたびに、心が痛みます。
  每次看到戰爭的畫面，心就很痛。

- 彼は就職先が決まらず、頭を痛めています。
  他還沒找到工作，正在傷腦筋。
- あの選手は練習の際に、肩を痛めてしまったようです。
  那位選手好像練習時傷到肩膀了。
- 大統領は戦争孤児の問題に、心を痛めています。
  總統對於戰爭孤兒的問題感到痛心。

---

① 「痛む／痛める」是身體或心靈的痛苦；「傷む／傷める」是造成損傷、腐敗。

Group D
D-1
自 -u/-る
↓
他 -eる

159

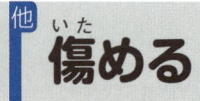

| 自 傷む | 他 傷める | ● 毀損，腐壞
● 弄壞，傷害，使…腐爛 |

建物が傷む　　　　　　雨漏りで建物を傷める

● 傷んだ屋根を修理しました。
   修理了毀損的屋頂。

● この牛乳は傷んでいますから、もう捨ててください。
   這牛奶已經壞了，請丟掉吧！

● 生ものは傷めてしまわないように、早めに冷蔵庫へ入れてください。
   避免生的東西壞了，早一點放進冰箱吧！

● 引っ越しの際に、多くの家具を傷めてしまいました。
   搬家的時候，很多家具都碰傷了。

PART 3

🎧 160

| 自 浮かぶ | 他 浮かべる | ・（水面、空中…）浮，漂，飄浮；浮現，露出；想到
・使…飄浮；使浮現，露出；想出 |

船が浮かぶ　　　　　　　船を浮かべる

- 空に浮かぶ白い雲を眺めていました。眺望飄浮在天空的白雲。
- 彼女の口もとに笑みが浮かびました。她的嘴邊浮現出笑容。
- 思わず目に涙が浮かんできました。不禁眼眶中泛著淚光。
- 昔のことがまるで昨日のように、頭に浮かびます。
  往事就如同昨天才發生般地浮現在腦海。

- 水面に花びらをそっと浮かべます。讓花瓣輕輕地飄浮在水面上。
- 彼女は瞳に涙を浮かべて、じっと話を聞いていました。
  她眼眶泛淚，專注地聆聽。
- 監督の言葉を頭に浮かべながら、投球を続けました。
  持續投球時，心中浮現教練的話。
- 辛いときは、いつも家族の笑顔を心に浮かべていました。
  辛苦的時候心中總是浮現出家人的笑容。

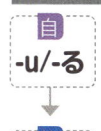

Group D
D-1
自 -u/-る
↓
他 -eる

217

161

| 自 落ち着く | 他 落ち着ける | ・心情平靜，鎮定；穩定，沉著；定局
・使沉著，使心情平靜；使…穩定；使成定局 |

心が落ち着く 　　　　　　　心を落ち着ける

- ジャスミン茶を飲むと、心が落ち着きます。喝茉莉花茶，心情會平靜。
- あわてないで、落ち着いて話してください。
  不要急，鎮定地說。
- 店の経営は、やっと落ち着いてきました。店的經營終於穩定了。
- 結局、初めの案に落ち着いたようですね。結果似乎是採用最初的方案。

- ジャスミン茶で、心を落ち着けてください。
  請喝點茉莉花茶，讓心情平靜。
- 気持ちを落ち着けて、よく考えてください。讓心情平靜，好好思考。
- 腰を落ち着けて、この仕事に取り組みたいです。
  穩定下來好好的做這份工作。

162

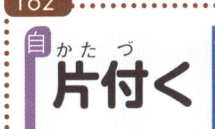

片付く(自) / **片付ける**(他)
- 收拾，整理；得到解決，了結
- 清理，整理；著手，解決…

部屋の中が片付く　　　部屋を片付ける

- 彼女は家の中が、いつもきちんと片付いています。
  她的家總是整理得有條不紊的。
- 例の事件は、やっと片付きました。
  那個事件終於了結了。

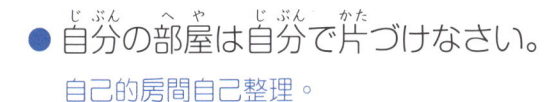

- 自分の部屋は自分で片づけなさい。
  自己的房間自己整理。
- 溜まっていた仕事を、やっと片づけ始めました。
  積了很久的工作終於開始著手處理了。

Group D
D-1
自 -u/-る
他 -eる

163

| 自 傾く | 他 傾ける | ・傾斜；衰退，衰微；傾向
・使…傾斜；使…傾斜；使…衰微、衰敗；使傾於，傾注… |

ビルが傾く　　　　　　体を傾ける

- 地震でビルが傾いてしまいました。因地震大樓傾斜了。
- 不況で会社の経営が傾いてきました。因不景氣，公司的經營衰退了。
- 多くの議員が賛成に傾いてくれるでしょう。多數的議員傾向贊成吧！
- 心はしだいに、彼女に傾いていったのでした。對她漸漸傾心。

- 頭を少し右に傾けてください。頭請向右偏一點。
- 彼は会社の経営を傾けてしまいました。他讓公司的經營衰退了。
- 彼女は一人息子に、精一杯の愛情を傾けました。
  她對獨子傾全力呵護。

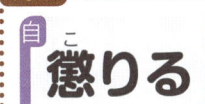

164

| 自 懲りる | 他 懲らしめる |

- （因為受到教訓、吃到苦頭，不敢再嘗試）害怕，灰心
- 懲罰…，教訓…

息子が自転車に懲りる　　悪人を懲らしめる

- 度重なる失敗に、懲りたようです。
  經過多次的失敗，終於怕了。
- 今回はずれた方も、これに懲りずにまたご応募ください。
  這次沒有中的人，不要灰心，請再次報名參加。

- 悪人を懲らしめる正義の味方。
  站在懲罰壞人正義的一方。
- 子どもたちの度が過ぎたいたずらを、懲らしめなければなりません。
  對小孩過度的惡作劇，必須要懲罰。

Group D
D-1
自 -u/-る
↓
他 -eる

165

自 沈む	他 沈める

- 沉沒，沉入；（處於不愉快的狀態）淪落，消沉，低沉
- 使沉沒，擊沉；使陷入；使沉淪、使淪落

船が沈む 　　　　　　　　　船を沈める

- 夕日が海に沈む景色を眺めています。眺望夕陽沉入海的景色。
- 彼女は、悲しみに沈んだ表情をしています。
  她顯露出消沉悲傷的表情。
- 近頃は気持ちが沈む事件が多いです。最近很多讓人心情低落的事件。

- 我が軍は、敵の軍艦を沈めました。我軍將敵艦擊沉了。
- 温泉にゆっくり身を沈めます。悠哉的浸泡溫泉。
- ソファーに体を沈めて、リラックスしています。
  癱坐在沙發，放鬆心情。

166

| 自 **進む** | 他 **進める** | ・往前進、往前邁進；往下一步進展，進步
・使…前進；使…往下一步提昇，進展，進行 |

前に進む 　　　　　　　　計画を進める

- 大学卒業後は、このまま修士課程に進もうと思っています。
  大學畢業後想直接研讀碩士課程。
- 西に船を進めてください。請將船朝西方行駛。
- 双方同意の上で結婚話が進んでいます。
  在雙方同意的前提下討論結婚事宜。

- このまま交渉を進めてもよろしいでしょうか。
  可以就這樣持續進行交涉嗎？
- 当初の計画どおり、進めてください。按當初的計畫進行。
- 社内改革の手始めに、業務の合理化を進めていくつもりです。
  公司內部改革的第一步打算進行業務的合理化。

Group D
D-1

自 -u/-る
↓
他 -eる

167

| 自 育つ | 他 育てる | ・成長，生長，發育；發展，培育，成長
・培育…，養育…；培養…，栽培 |

田舎で育つ 　　　　　　　　　子供を育てる

- 私は東北の田舎で生まれ育ちました。
  我是在日本東北地區的鄉下出生、長大的。

- 30年前に始めた小さな事務所が、現在大きなグループ企業に育ちました。30年前創設的小事務所，現在已發展成大的企業集團。

- 子どもが一人前に育つまでは大変です。
  小孩子要長大到能獨當一面並不容易。

- ベランダで花を育てています。在陽台種花。

- 祖母が私を育ててくれました。祖母把我養育長大。

- 必ず君を一流の音楽家に育てます。我一定會將你栽培成一流的音樂家。

168

自 揃う | **他 揃える**

- （應該有的東西全部）俱全，齊全；聚齊；一致、整齊
- 備齊（應該有的東西）；使聚齊；使…整齊，一致

道具が揃う 　　　　　　　道具を揃える

- 必要な資料は、すべて揃っています。必要的資料都全部備齊了。
- 家族全員が揃って、食事をします。全部家人齊聚用餐。
- オーケストラの練習は、皆の音が揃うまで続けられました。
交響樂團持續練習到大家的音都和諧了。

- サイズは各種取り揃えております。各種尺寸都很齊全。
- 救援に必要な人数を揃えておきましょう。將救援所需的人數招齊吧！
- 靴と鞄の色を揃えています。鞋子和襪子的顏色一致。

Group D
D-1
自 -u/-る
→
他 -eる

自 立つ／他 立てる

- （人、長形物）站著、立著；處於某種立場、狀況；訂定；發生自然現象
- 使…（人、長形物）站著、立著；使處於某種立場、狀況；使產生自然現象

立つ 　　　　　　　看板を立てる

- 教壇に立った先生を、学生が見つめています。
  學生看著站在講台的老師。
- 屋上にアンテナが3本立っています。屋頂上立著3根天線。
- 彼は民主化運動の先頭に立つリーダーです。
  他是站在民主運動前端的領導。
- 明確な方針が立っていません。沒有訂定明確的方針。
- 煙突から煙が立っています。煙囪冒著煙。

● 本を立てて、並べておきます。
將書立起來排好。

● ここに看板を立てたいので、手伝ってください。
想把招牌立在這裡,請幫我一下。

● 彼はシャツの襟を立てています。
他將襯衫的領子立起。

● 友人を証人に立てるつもりです。
打算讓朋友當證人。

● 新企画を立てて、販売促進をねらいます。
訂定新的企劃,促進銷售。

● 泡をよく立ててから、洗顔してください。
充分的起泡沫後再洗臉。

Group D
D-1
自 -u/-る
他 -eる

170

| 自 建つ | 他 建てる | ・建造，蓋
・建造，創立 |

建物が建つ　　　　　　　　　ビルを建てる

- 近頃大通り沿いに、次々と新しいビルが建っています。
  最近沿著大馬路，大樓一幢幢地蓋起。

- ここに、創業者の銅像が建つ予定です。
  想在這裡豎立創立者的銅像。

- 広場の中央に、戦勝記念碑を建てました。
  在廣場的中央立起戰勝紀念碑。

- 裏の空き地に、一軒家を建てるつもりです。
  打算在後面的空地蓋獨門獨戶的房子。

PART 3

171

自 ちが	他 ちが	
違う	違える	• 不同，不一樣；錯誤，不對 • 使…不同；弄錯…

色が違う 　　　　　　　　色を違える

- 双方の生活習慣が違います。雙方的生活習慣不同。
- それは私が申し上げた意味とは少し違っています。
  那和我說的意思有點不同。
- このシャツはサイズが違うので、換えてください。
  這件襯衫的尺寸不對，請換一下。

- 各部屋ごとに、照明のデザインを違えてみます。
  嘗試著讓每個房間的照明款式不一樣。
- 観点を違えて考え直しませんか。可否重新思考不同觀點的想法。
- 待ち合わせ場所を違えてデートに遅れてしまいました。
  弄錯集合地點，約會遲到了。

Group D
D-1
自 -u/-る
↓
他 -eる

229

172

| 自 近づく | 他 近づける | ・接近，靠近
・使湊近，使接近 |

顔が近づく　　　　　　　　顔を近づける

- 船が港に近づいています。
  船接近了港口。
- 年末が近づくにつれて、人々は忙しくなります。
  接近年底，大家都變忙碌了。

- 花に顔を近づけます。把臉湊近花朵。
- 撮影中は、周囲に人を近づけないでください。
  在攝影中，周圍不要讓人靠近。

173

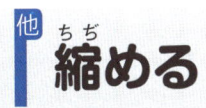

自 縮む | **他 縮める**

- （幅度）收縮、縮小、縮短；退縮，惶恐
- 使（幅度）收縮、縮小、縮短；將（身體）縮起來

距離が縮む　　　　　　　　距離を縮める

- 旅行で、二人の距離が縮んだ気がします。感覺因旅行縮短兩人的距離。
- セーターを洗濯したら、縮んでしまいました。毛衣洗了之後縮水了。
- 恐怖で身が縮む思いがしました。恐怖到身子都縮起來了。

- 旅行で、二人の距離を縮めたいです。想要藉由旅行縮短兩人的距離。
- 肥満は命を縮める要因の一つになりかねません。
  肥胖可能成為縮短壽命的主要原因之一。
- 寒さに身を縮めました。因寒冷把身子縮起來。

Group D

D-1

自 -u/-る

↓

他 -eる

174

付く（自） ／ 付ける（他）

- （物體表面）染上，沾上；附帶有…；（能力…）增加；伴同、跟著；跟隨
- 使…沾上，使擦上；附上、加上、安裝；讓…伴同…；使（能力…）增加

醤油が付く 　　　　　　　　醤油を付ける

- 手に薬品の匂いが付いてしまいました。手沾上藥味。
- 入会には多くの条件が付いています。入會需要很多的條件。
- 留学で英語力がずいぶん身に付きました。因留學，英文進步很多。
- 肉を食べると、力が付きます。食用肉品可以增加體力。
- 患者には24時間看護師が付いています。病患24小時都有護士陪同。
- 彼のやり方には付いていけません。無法跟上他的做法。

PART 3

● 少し醤油を付けて、召し上がってください。
（這料理）請沾點醬油吃。

● 振り仮名を付けています。
漢字上加上假名。

● 利息を付けてローンを返済します。
貸款加上利息償還。

● 生きる知恵を身に付けてほしいです。
希望習得生存的智慧。

● 息子に家庭教師を付けています。
幫兒子請家教老師。

● 海外で技術を身に付けてきました。
在國外學到了技術。

● 彼の後を付けて、行動を監視します。
跟在他後面監視行動。

Group D
D-1
自 -u/-る
→
他 -eる

自 点く / 他 点ける
- 點燈，點火
- 點燃，點火

電気が点く　　　　　電気を点ける

- ここを押すと、電気が点きます。
  按這裡，電燈就亮。
- タバコの火がまだ点いています。
  香菸的火還沒熄。

- 石油ストーブを点けてください。
  請點上石油暖爐。
- ろうそくの火を点けました。
  點上燭火。

続く / 続ける

- （狀態、行為等）持續、連續；（實物等）接著
- 持續…、接連不斷

雨の日が続く　　　仕事を続ける

- 三日間、雨の日が続いています。
  持續三天都是雨天。
- 社長のスピーチは、まだ続きそうです。
  社長的演講好像還會持續下去。
- 前の人に続いて、入ってください。
  請跟著前面的人進入。

- 会議は、延々5時間続けられました。
  會議時間冗長地延續了5個小時。
- このまま旅を続けるつもりです。
  打算持續這樣旅行。
- これから筆記試験と聴解試験を続けて行います。
  接下來繼續舉行筆試和聽力考試。

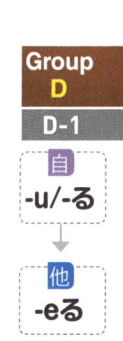

Group D
D-1

自 -u/-る
↓
他 -eる

177

| 自 届く（とどく） | 他 届ける（とどける） |

- 送達，收到；傳達
- 送交…，傳送…；傳遞…

荷物が届く 　　　　　　　　荷物を届ける

- 実家（じっか）から荷物（にもつ）が届（とど）きました。老家寄來了包裹。
- 彼（かれ）の気持（きも）ちが、彼女（かのじょ）に届（とど）くといいですね。
  他的心意如能傳遞給她就太好了。
- 遠（とお）すぎて、こちらまで声（こえ）が届（とど）きません。太遠了，聲音傳不到這裡。

- サンタクロースは子供（こども）たちにプレゼントを届（とど）けます。
  聖誕老人把禮物送交給小孩們。
- 落（お）し物（もの）は、交番（こうばん）に届（とど）けましょう。將遺失的物品送到警察局吧！
- 被災地（ひさいち）に祈（いの）りを届（とど）けます。將祈禱的聲音傳送給災區。

236

178

| 自 ととの
整う | 他 ととの
整える | ・準備好，完備；整齊協調
・使完備，弄齊；整頓，使整齊 |

服装が整う　　　　　服装を整える

● 会議室の準備が整いました。
會議室準備好了。

● 日本語で、整った文章が書けますか。
能夠用日文寫出完整的文章嗎？

● 当日までには体調を整えておきます。
當天之前把身體狀況調理好。

● きちんと服装を整えるよう心がけてください。
請留意確實整理好服裝儀容。

● 机の配列は前後左右まっすぐに整えてください。
請將桌子的排列，前後左右對齊。

Group D
D-1

自 -u/-る
↓
他 -eる

179

自 ととの	他 ととの
調う	調える ①

- （供應，置辦）齊備，完備
- 使（供應，置辦）整理，備齊；調和

書類が調う　　　　　　　書類を調える

- 申請書類が調いました。申請文件備齊了。
- 開店資金がまだ調いません。開店的資金還不足。

- 必要な書類を調えておいてください。請將必要的文件備齊。
- 塩胡椒で味を調えたら、出来上がりです。
  用胡椒鹽調味後，就完成了。

---

① 「整理」「整頓」「整然」「整備」等等的方面，用「**整う／整える**」。
「調達」「新調」「調味」「調節」等等方面，用「**調う／調える**」。

PART 3

180
自 並ぶ｜他 並べる
- 陳列；排列，排隊；匹敵
- 排…；並排；比較

料理が並ぶ 　　　食器を並べる

- 食卓に、おいしそうな料理が並んでいます。
  餐桌上擺著看起來美味的料理。
- 新商品が店頭に並ぶのは、いつごろですか。
  新商品何時會在店面陳列？
- 人気店なので、並ばなければ食べられません。
  因為是很受歡迎的店，沒有排隊是吃不到的。
- 日本のアニメ好きで、彼に並ぶ者はいません。
  沒有人比他更喜歡日本的動漫了。

- テーブルに食器を並べておいてください。請把餐具排在餐桌上。
- 肩を並べて、歩いて帰ります。並肩走路回家。
- 並べて見ると、違いがよく分かります。排在一起看，就可以看出差異。

Group D
D-1
自 -u/-る
他 -eる

239

181

自 止む	他 止める、辞める
・（中途）停止，中止，停止	・停止…，取消…，結束；辭職

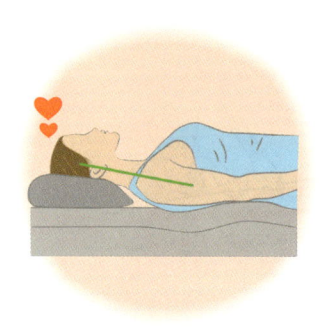

いびきがやむ 　　　　　いびきを止める

- 急に雨が止みました。雨突然停了。
- 風が止んで、静かになりました。風停了，一片寧靜。
- ようやく騒音が止んだようです。噪音終於停止了。

- 試験を終了します、書くのを止めてください。
  考試結束。請停止書寫。
- 旅行を途中で止めて、東京に戻ります。中途放棄旅行，回到東京。
- 教師を辞めて、役者の道に進みます。辭去教職，走上演員之路。

182

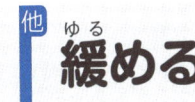

| 自 緩む | 他 緩める |

- 鬆弛，鬆掉；緩和，鬆緩
- 鬆開…；使放鬆，放慢，鬆懈

ネクタイが緩む　　　　　ネクタイを緩める

- ねじが緩んで、水が漏れています。螺絲鬆了，在漏水。
- 試験がおわって、つい気が緩んでしまいました。
  考試結束後不禁就鬆懈了。
- 彼の一言で、皆の緊張が一気に緩みました。
  他的一句話讓大家緊張的心情一口氣放鬆。

- ドライバーでねじを緩めます。用螺絲起子把螺絲鬆開。
- 気を緩めることなく、頑張ってください。精神不懈的努力下去吧！
- カーブの手前でスピードを緩めます。在轉彎處放慢速度。
- 首相が改革の手を緩めることは、ありません。
  首相毫不放緩改革的腳步。

Group D

D-1

自 -u/-る

他 -eる

183

自 に	他 に
似る	似せる ❶

- 相似，像
- 使相似，擬真，模擬

母親に似る　　　　　絵柄を似せる

- この子は母親に似ています。這孩子和媽媽很像。
- 伊吹山は、富士山によく似た山ですね。伊吹山是和富士山很像的山。

- 本物に似せて、精巧に作られています。精巧地做得像真貨。
- 絵柄を似せると、著作権侵害になりかねません。
  圖案相似的話，可能會侵犯著作權。

---

❶ 不同於前面，從這一組開始是「自-る／他-eる」規則。

乗る │ 乗せる

- 搭乘（交通工具）；（上到某物體上面）站上，坐上；隨著；上當
- 讓…搭乘；使搭乘；（上到某物體上面）使站上，使坐上；使隨著；使上當

バスに乗る 　　　　　客を乗せる

- バスに乗って学校へ行きます。搭乘公車去學校。
- 子どもは父親のひざの上に乗っています。小孩坐在爸爸的膝蓋上。
- 凧が風に乗って大空を飛んでいます。風箏乘著風在天上飛。
- リズムに乗って踊っています。跟著節奏跳舞。
- その手には乗らないよ。我不會上當的。

Group D

D-1

自 -u/-る

他 -eる

- バスは途中で、別の団体客を乗せます。
  遊覽車在中途搭載其他的團體客人。

- 500名の客を乗せた飛行機が離陸しました。
  搭載著500名旅客的飛機起飛了。

- 子どもを肩に乗せて歩きます。
  讓小孩騎在肩膀上行走。

- リズムに乗せて歌ってください。
  請隨著旋律唱歌吧！

- 3年以内にはこの仕事を軌道に乗せたいです。
  想要在3年內讓這個工作上軌道。

- 口車に乗せて、彼を騙しました。
  用花言巧語騙了他。

185

| 自 載る | 他 載せる | ・（放在…上面）放著；刊登，刊載
・（將…放在…上面）裝載；刊登 |

荷物が載る　　　　　　荷物を載せる

- 棚の上にたくさんの本が載っています。架子上放著很多書。
- 犯人の顔写真が新聞に載っています。將犯人的相片刊登在報紙上。
- 論文が雑誌に載りました。論文在雜誌上刊載。

- 車の後ろに荷物を載せるスペースがあります。
  車子後面有放行李的空間。
- この料理はメニューに載せていません。這道料理沒有在菜單上。
- 来月から週刊誌にエッセイを載せます。
  下個月開始要在週刊雜誌刊載小品文。

Group D
D-1
自 -u/-る
他 -eる

186

| **自** 入る　　**他** 入れる

- （由外往內）進入；放入；包含，添加；加入；得到，得手；裝設有
- 讓…進入；放入…；包含…，添加…；使加入；使得到；裝設…

肉が入る 　　　　　　　肉を入れる

- 玄関から入ってください。請從正門進來。
- 冷蔵庫にビールが入っています。冰箱放著啤酒。
- このジュースには少しアルコールが入っています。
  這果汁有放一點酒。
- この会社に入って、今年で5年目です。進到這公司，今年已經第5年。
- 旅行代金には、朝晩の食事代も入っています。旅行費用含早晚餐。
- 一年でどのくらいの利益が入る予定ですか。
  預定一年有多少的收益呢？
- 研究室にクーラーが入りました。研究室有冷氣。

246

PART 3

- 買ってきた肉を冷蔵庫に入れてください。
  買來的肉請放到冰箱。

- 女手一つで、息子を大学に入れました。
  靠著女人的一雙手把兒子送進大學。

- 彼をチームの仲間に入れてあげます。
  讓他加入隊伍當伙伴吧！

- 生活費は、食費も入れて月8万円ぐらいです。
  包括餐飲費在內，生活費共8萬日元左右。

- 息子の部屋にクーラーを入れました。
  在兒子房間裝冷氣。

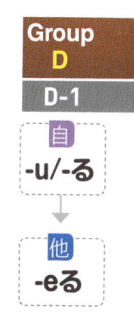

Group D

D-1

自 -u/-る
↓
他 -eる

| 自 **積もる** | 他 **積む** ❶ | ・積滿，堆積；累積
・堆積…；累積…；裝載… |

雪が積もる　　　　　　　　雪を積む

- 本棚の上にほこりが積もっています。書架上積滿了灰塵。
- 積もる思いを、相手に打ち明けました。向對方傾吐累積許久的思緒。
- 君とは、積もる話がたくさんあります。有許多積了很久的話要跟你說。

- 石を積んで、塀を造ります。把石頭堆起來建圍牆。
- ボランティアで実地体験を積むつもりです。
  打算利用當志工累積實地的經驗。
- トラックに荷物を積んでください。請把貨放上卡車。

❶「積もる／積む」不符合「自-u 自-る／他-e る」規則。
　因為只有一組，難以歸類介紹，所以勉強將其依「自-る」的原則，放在這裡說明。

PART 3

D-2　自 -eる　他 -u／他 -る

聞こえる／聞く

砕ける／砕く

裂ける／裂く

解ける／解く

抜ける／抜く

焼ける／焼く

寝る／寝かせる [1]

震るえる／震るわせる

見える／見る

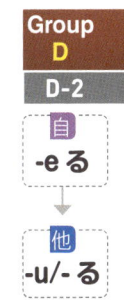

[1]「自-eる／他-る」的部分，也跟「自-eる／他-u」歸類在「D-2」單元中，方便讀者學習。
但是雖然歸在同一單元中，但是將「自-eる／他-る」放在一起，學習起來更清楚。

| 188

| 自 **聞こえる** | 他 **聞く** | ・聽見，聽到
・聽，聆聽；詢問 |

声が聞こえる　　　　　　　　　声を聞く

- 遠くで花火の音が聞こえます。聽到遠處有放煙火地聲音。
- 電話が遠くて、よく聞こえません。電話太小聲聽不到。

- 先生の話をよく聞いてください。請好好的聽老師的話。
- 市民の声を聞いて、市制に反映させます。
  聽到市民的心聲，反應在市政上。
- 交番で、駅への道を聞いてきます。去派出所問去車站的路。

250

自 砕ける | 他 砕く

- 粉碎，打碎；（氣勢）受挫折，減弱；鬆懈；破滅；平易近人
- 將…打碎，弄碎；挫敗…，摧毀…；平易近人

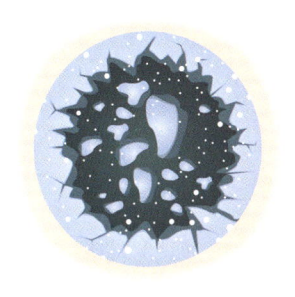

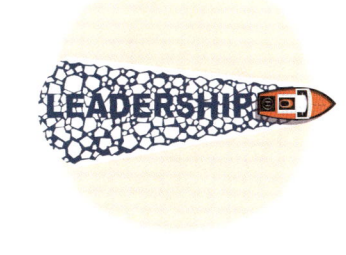

氷が砕ける　　　　　氷を砕く

- ガラスが粉々に砕けてしまいました。玻璃粉碎了。
- 緊張が途切れて、思わず腰が砕けてしまいました。
  緊張解除後，不禁整個人鬆懈下來。
- 政治家になるという夢が砕けました。想要成為政治家的夢想破滅了。
- もっと砕けた言い方で話してください。請用更平易近人方式說。

- 氷を砕いて走る砕氷船。破冰前進的破冰船。
- それは少年にとって、夢を砕く出来事でした。
  那件事對少年而言，是夢想破滅的事。
- 内容を砕いて説明してください。內容請用淺顯易懂的話說明。

Group D

D-2

自 -eる
↓
他 -u/-る

251

190

自 裂ける	他 裂く

- 裂開，斷裂；破裂
- 把⋯撕裂、撕開、剖開；使（關係）破裂，拆散

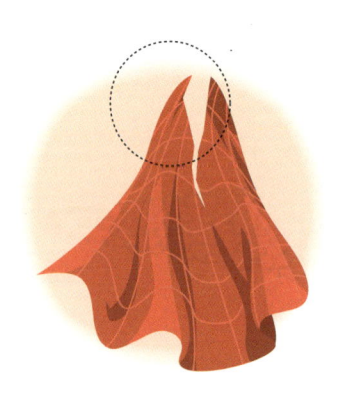

布が裂ける 　　　　　　　布を裂く

- 鞄の縫い目が裂けてきました。包包的縫線裂開了。
- 傷口が裂けて血がにじんでいます。傷口裂開，血滲出來。
- 口が裂けても絶対に言えません。絕不說出口。

- 布を裂いて包帯代わりに使います。把布撕開做繃帶用。
- 落雷が大木を裂きました。落雷將大樹劈開了。
- 二人の仲を裂く出来事がありました。發生讓兩人感情破裂的事。

191 解(と)ける｜解(と)く

- （題目）解開；（問題）化解；鬆懈
- 解題，解開；解決…

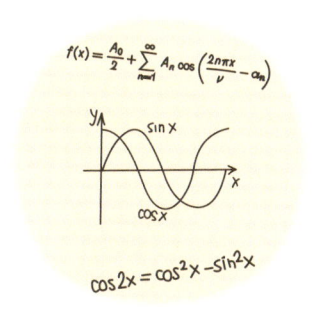

問題が解ける　　　　　　　　　問題を解く

- 難(むずか)しい数学(すうがく)の問題(もんだい)が、やっと解(と)けました。困難的數學問題終於解開了。
- 誤解(ごかい)が解(と)けてよかったです。誤會化解，真是太好了。
- 緊張(きんちょう)が解(と)けて、笑顔(えがお)を浮(う)かべています。緊張解除後，浮現出笑容。

- この問題(もんだい)を5分(ふん)以内(いない)に解(と)いてください。
  這個題目請在5分鐘之內解答出來。
- もつれた糸(いと)を解(と)きます。將糾纏在一起的線解開。
- 疑(うたが)いを解(と)くために証拠(しょうこ)を提示(ていじ)します。為解開疑點提示證據。

Group D
D-2
自 -eる
↓
他 -u/-る

192

抜ける（自）｜ 抜く（他）

- （毛、牙齒…）脫落，掉落；遺漏；（空氣、力氣、氣味、某物…）消失；漏掉；去除；脫離
- 使（毛、牙齒…）脫落，拔掉…；省略…；（使空氣、力氣、氣味、某物…）放掉…，抽走；超越…

髪の毛が抜ける 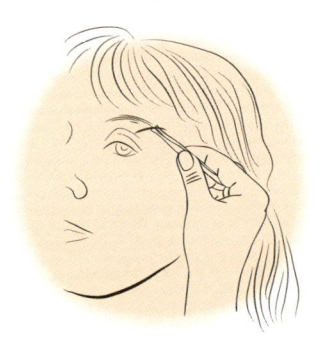　　　まゆ毛を抜く

- 化学治療の副作用で、髪の毛が抜けることがあります。
  化療的副作用有時會掉頭髮。

- 書類の２ページ目が抜けています。文件的第二頁遺漏了。

- 魚の臭みは、生姜と煮ることで抜けます。
  與生薑一起煮，魚腥味就會沒了。

- 本棚から本を一冊抜きました。從書架拿走一本書。

- 台風は、午後には海上に抜けるでしょう。颱風下午會穿越海上。

- 彼はチームから抜けて、怪我の治療に専念します。
  他離開隊伍專心療傷。

PART 3

- 親知らずは、早めに抜いたほうがいいですよ。
  智齒最好早一點拔掉。

- 朝食を抜くと、集中力が低下します。
  省略不吃早餐，注意力會不集中。

- 私の分は、わさびを抜いてくれませんか。
  我的這一份請不要放山葵好嗎？

- 浴槽のお湯は、抜いてしまいました。
  把浴缸的水放掉了，

- トップ走者を、ついに抜くことができました。
  終於超越最前面的跑者。

- 彼は群を抜く成績を修めました。
  他取得超越眾人的成績。

Group D
D-2
自 -eる
→
他 -u/-る

193

| 自 焼ける | 他 焼く |

- 著火，燃燒；（火、太陽用之下）烤好，日曬；操心
- 燒…（成灰）；（火、太陽…產生作用）火烤，日曬；照顧，費心；（光碟）燒錄

家が焼ける 　　　　　　　家を焼く

- 火事で家が焼けてしまいました。因為火災房子燒成灰燼了。
- 焼き立てパンが、ただいま焼けました。剛烤好的麵包出爐了。
- 日に焼けて、全身真っ黒です。被日曬得全身黝黑。
- 子供はまだ幼くて、世話が焼けます。孩子還小需要照顧。

- 自家製窯でピザを焼きました。用自製的窯去烤披薩。
- 肌が健康的に見えるきれいな小麦色に焼きたいです。
  想把肌膚曬成看起來很健康的小麥膚色。
- 反抗期の子どもに、手を焼いています。反抗期的小孩很棘手。

PART 3

194

| 自 寝る | 他 寝かせる [1] | ・睡覺，躺下
・使…入睡，使…平躺；發酵 |

子どもが寝る 　　　　赤ちゃんを寝かせる

● 子どもは隣の部屋で寝ています。
　小孩在隔壁房間睡覺。

● 昨日は何時に寝ましたか。
　昨天幾點睡呢？

● 毎晩、子供を9時に寝かせます。
　每天晚上讓小孩9點睡覺。

● けが人は、こちらのベッドに寝かせてください。
　請讓傷患在這床上躺下來。

Group D
D-2
自 -eる
↓
他 -u/-る

[1] 從這一組開始是「自 -eる／他 -る」內容。與「自 -eる／他 -u」歸類在「D-2」單元中，方便讀者學習。但是雖然歸在同一單元中，但是將「自 -eる／他 -る」放在一些，學習起來更清楚。

257

195

| 自 **震える** | 他 **震わせる** | ・震動，發抖
・震動，使…發抖，使…哆嗦 |

体が震える 　　　　　　　　　唇を震わせる

- 寒さで体が震えています。
  冷得身體發抖。
- 話を聞いて、背筋が震える思いです。
  聽了故事，背脊都涼了。

- 寒さで唇を震わせています。
  冷得嘴唇發顫。
- 彼は、怒りに声を震わせました。
  他氣得聲音顫抖。

196

自 見える	他 見る

- 映入眼簾，看得見；好像是，似乎是
- 看，觀看，查看；（依據情況作出判斷）估計，推斷

海が見える　　　　　　海を見る

- 遠くに富士山が見えています。看到了遠方的富士山。
- 選手たちには、少し疲れが見えます。選手們看起來有點疲憊。
- 彼女は実年齢より若く見えます。她看起來比實際的年齡年輕。

- 山頂から見た夜空の美しさが忘れられません。
  從山頂看到的美麗夜空無法忘懷。
- 売上は、昨年の二倍近くあるとみています。
  銷售額估計將近去年的2倍。
- 警察は、二人が遭難したものとみて、捜索しています。
  警察認為兩人已罹難，正在進行搜索。

Group D
D-2
自 -eる
↓
他 -u/-る

Group D 練習問題

01
- A もしもし、先日郵便で送った書類、(届き・届け) ましたでしょうか。
- B それが…、まだ (届か・届け) ないんですよ。
- A ちょっと遅いですね。やっぱりバイク便で (届いた・届けた) ほうがよかったなぁ。

02
- A 部長、どうしましょう。前の工程がなかなか (進まない・進めない) ので、私たちは次の工程に (進まない・進めない) んです。
- B そうですか、では順序を変更して、作業を (進めて・進んで) ください。

03
- A 外の騒ぎが (止んだ・止めた) ようですね。今日は何かあったの？
- B 今朝から市民が抗議デモをしていたのですが、一定の要求が受け入れられたので、集会は午前中で (辞めた・止めた) らしいです。

04
- A 各部屋にシャワーとトイレは (付いて・付かないで) いますが、浴槽はございません。
- B 浴槽はいいとして、エアコンが (付いて・付けて) いないのは、ちょっと困りますね。
- A 一応、クーラーは (付かないで・付けて) いるんですが…。
- B クーラーではなく、エアコンを (付いて・付けて) ほしいんです。

PART 3

Group D

練習問題

05
A あそこの、ちょうど学生が一人（立って・立てて）いるところに、このポールを（立って・立てて）きてくれませんか。。
B はい、わかりました。

06
A 観葉植物を（育ち・育て）たいんですが、おすすめの物って、ありますか。
B そうですね。これなんかどうですか。とても（育ち・育て）やすいですよ。明るいところに置いて、水さえ切らさなければ、勝手にどんどん（育ち・育て）ますから。

07
A あれ、自分で鍵を（開いて・開けて）入ったの？
B いいや、ドアの鍵、（開いて・開けて）いたから、先に中に入ったんだ。

08
A 禁煙、もう3週間も（続いて・続けずに）いるんだって？やるじゃない。
B ああ、案外（続けさせ・続け）られるもんだね。こんなに（続く・続けた）とは思わなかったよ。

09
A 申請資料が不足しています。卒業証明書のコピーが（揃って・揃えて）おりません。

261

B あれ、全部（揃わせ・揃え）たと思ったのに、おかしいなぁ。

10

A あの、お隣の席、（空いて・空けさせて）いますか。

B すみません、ここ、後から友だちが来るので、（空いて・空けて）あるんです。

11

A あの、焼き立てパンは、いつ（焼け・焼き）上がりますか。

B はい、お待たせいたしました。こちら、ただ今（焼けた・焼いた）ところです。どうぞ、お買い求めください。

12

A このイアホン、音が（聞こえ・聞か）ないんだけど、故障しているのかな。

B 別の物に取り換えてもらえないか、係の人に（聞こえて・聞いて）みたら？

13

A 紐を（解けて・解いて）、箱の中身を確認してください。

B この紐、固くて（解け・解か）ないので、はさみで切ってもいいですか。

14

A こちらのアイスコーヒー、砂糖はもとから（入って・入らせて）いますか。

B 砂糖抜きもご用意できます。
A じゃあ、それを1つ。あ、ミルクは (入って・入れて) ほしいんですが。
B かしこまりました。では砂糖抜きで、ミルクを (お入り・お入れ) しておきます。

15
A (見えて・見て)、星がきれいに (見える・見せる) ね。
B どこ？よく (見え・見られ) ないなぁ。

16
A この車、何人 (乗せ・乗させ) られる？
B 7人 (乗り・乗せ) だから、運転手以外に、あと6人 (乗る・乗られる) ことができるよ。

解答

Group A　P. 92

1. 上げて、上げた、上がらない
2. 上がった、上げて
3. 温めて、温まって
4. 代わって
5. 決めている、決まらない、決めて、決まった
6. 下がら、下がり
7. 締める、締まって
8. 備わって、備える
9. 助かり、助ける
10. 集まって、集めて、受かった
11. 泊まった、泊まる、泊めて
12. 重ならない、重ねて、重ねて
13. 早まった、早める、早めて
14. 見つかって、見つかった、見つけて
15. 静めて、静まら
16. 閉まって、閉めさせて
17. 変える、変わら、変われば、変わる
18. まとまり、まとめている
19. 伝えない、伝えて、伝わる、伝えて
20. 加わって、加えて
21. 止まる、止めて
22. 固めた、固まった
23. 広がり、広げて
24. 儲かって、儲けよう
25. 始まり、始めよう
26. 溜めて、溜まったら
27. 改まって、改めて
28. 仕上がって、仕上げる、仕上がった
29. 塞ぐ、塞がる
30. 挟まって、挟んで
31. くるまって、くるんで

Group B　P. 110

1. 生まれた、生み
2. 切る、切らない、切れた
3. 分かれて、分け、分けて
4. 売って、売れ
5. 折って、折って、折れる、折れる

6. 割ろう、割れない

Group C   P. 203

1. こぼして、こぼれて、こぼし
2. 流して、流れて、流れて
3. 遅れて、遅らせて、遅れ
4. 放して、離れた
5. 潰れ、潰さ
6. 外して、外れた
7. 隠して、隠れた
8. 汚れた、汚れて、汚した
9. 倒れ、倒す
10. 漏れる、漏らさ、漏らして
11. 表れ、表され、表れ
12. 慣れない、慣らして
13. 遅れて、遅らせ、遅れ
14. 流し、流れる、流れる
15. 燃やす、燃え
16. 絶える、絶やして
17. 増える、増える、減らして、増やさない
18. 冷やせば、冷やし、冷え
19. 逃がし、逃げた、逃げ
20. 覚ます、覚める
21. 出た、出す
22. 飛ばす、飛ばない、飛べる
23. 悩ます、悩んで
24. 動か、動いて
25. 鳴って、鳴らさない
26. 通って、通して
27. 回らない、回さ
28. 治さなきゃ、治して、治る
29. 下りる、下り、下ろされた
30. 返って、返して、返さ
31. 戻った、戻す
32. 伸びた、伸ばして
33. 刺された、刺した
34. 回って、回し、回って
35. 落ち、落とし、落とせ
36. 起こし、起こす、起きら、起こし、起き、起きる
37. 過ぎ、過ごせ
38. 落ち、落ちて、落ち、落とさない

Group D   P. 260

1. 届き、届か、届けた
2. 進まない、進めない、進めて
3. 止んだ、止めた

4. 付いて、付いて、付けて、付けて
5. 立って、立てて
6. 育て、育て、育ち
7. 開けて、開いて
8. 続いて、続け、続く
9. 揃って、揃え
10. 空いて、空けて
11. 焼き、焼けた
12. 聞こえ、聞いて
13. 解いて、解け
14. 入って、入れて、お入れ
15. 見て、見える、見え
16. 乗せ、乗り、乗る

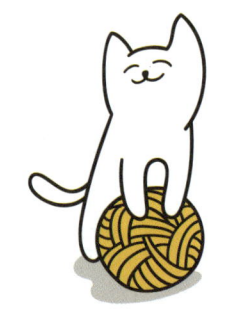

索引

あ

上がる／上げる	27
挙がる／挙げる	28
開く／開ける	213
空く／空ける	214
温まる／温める	29
暖まる／暖める	29
集まる／集める	30
改まる／改める	31
現れる／現す	113
表れる／表す	114
荒れる／荒らす	115
生きる／生かす	167
活きる／活かす	168
痛む／痛める	215
傷む／傷める	216

う

受かる／受ける	32
浮かぶ／浮かべる	217
動く／動かす	156
薄まる／薄める	33
写る／写す	170
映る／映す	171
移る／移す	169
埋まる／埋める	34
生まれる／生む	108
産まれる／産む	109
売れる／売る	101
植わる／植える	35

お

起きる／起こす	196
遅れる／遅らす、遅らせる	116
治まる／治める	36
収まる／収める	37
納まる／納める	38
修まる／修める	38
落ち着く／落ち着ける	218
落ちる／落とす	197
驚く／驚かす	157
下りる／下ろす	199
降りる／降ろす	200
折れる／折る	102
終わる／終える	39

267

か

返る／返す	173
帰る／帰す	172
掛かる／掛ける	40
隠れる／隠す	117
重なる／重ねる	42
片付く／片付ける	219
固まる／固める	43
傾く／傾ける	220
枯れる／枯らす	118
涸れる／涸らす	119
乾く／乾かす	158
変わる／変える	44
代わる／代える	45
替わる／替える	46
換わる／換える	46

き〜こ

消える／消す	174
聞こえる／聞く	250
決まる／決める	47
切れる／切る	103
極まる／極める	48
崩れる／崩す	120
砕ける／砕く	251
下る／下す	176
包まる／包む	88
加わる／加える	49
汚れる／汚す	121
穢れる／穢す	121
肥える／肥やす	136
焦げる／焦がす	137
こぼれる／こぼす	122
懲りる／懲らしめる	221
転がる／転がす	177
壊れる／壊す	123

さ

下がる／下げる	50
裂ける／裂く	252
刺さる／刺す	178
定まる／定める	51
冷める／冷ます	138
覚める／覚ます	139
醒める／醒ます	140
仕上がる／仕上げる	52
静まる／静める	53

鎮まる／鎮める	54
閉まる／閉める	55
締まる／締める	56
沈む／沈める	222
過ぎる／過ごす	201
進む／進める	223
済む／済ます、済ませる	159
育つ／育てる	224
備わる／備える	57
染まる／染める	58
揃う／揃える	225

た

絶える／絶やす	141
倒れる／倒す	124
助かる／助ける	59
立つ／立てる	226
建つ／建てる	228
溜まる／溜める	60
貯まる／貯める	61
違う／違える	229
近づく／近づける	230
縮む／縮める	231
足りる／足す	179

散る／散らす	180
掴まる／掴まえる	61
捉まる／捉まえる	61
捕まる／捕まえる	62
付く／付ける	232
点く／点ける	234
続く／続ける	235
伝わる／伝える	63
繋がる／繋げる、繋ぐ	64
潰れる／潰す	125
詰まる／詰める	65
積もる／積む	248
強まる／強める	66
連なる／連ねる	67
照る／照らす	142
出る／出す	143
通る／通す	181
溶ける／溶かす	145
融ける／融かす	146
熔ける／熔かす	147
解ける／解く	253
届く／届ける	236
整う／整える	237
調う／調える	238

索引

飛ぶ／飛ばす	160
止まる／止める	68
停まる／停める	68
留まる／留める	69
泊まる／泊める	70

な

治る／治す	183
直る／直す	184
流れる／流す	126
泣く／泣かす、泣かせる	161
並ぶ／並べる	239
鳴る／鳴らす	185
悩む／悩ます、悩ませる	162
慣れる／慣らす	127
逃げる／逃がす	148
似る／似せる	242
抜ける／抜く	254
寝る／寝かせる	257
残る／残す	186
伸びる／伸ばす	187
延びる／延ばす	189
乗る／乗せる	243
載る／載せる	245

は

入る／入れる	246
生える／生やす	149
挟まる／挟む	89
始まる／始める	71
外れる／外す	128
放れる／放す	130
離れる／離す	129
早まる／早める	72
冷える／冷やす	150
浸る／浸す	190
広がる／広げる	73
増える／増やす	151
深まる／深める	74
膨らむ／膨らます、膨らませる	163
塞がる／塞ぐ	90
ぶつかる／ぶつける	75
ぶら下がる／ぶら下げる	76
震える／震わせる	258
減る／減らす	152
滅びる／滅ぼす	202

ま

曲がる／曲げる	77
負ける／負かす	153
混ざる、混じる／混ぜる	78
交じる、交ざる／交ぜる	79
交わる／交える	80
またがる／またぐ	91
まとまる／(、)まとめる	81
回る／回す	191
見える／見る	259
乱れる／乱す	131
満ちる／満たす	192
充ちる／充たす	193
見つかる／見つける	82
儲かる／儲ける	83
燃える／燃やす	154
戻る／戻す	194
漏る／漏らす	164
漏れる／漏らす	132

や

焼ける／焼く	256
休まる／休める	84
破れる、敗れる／破る	105
止む／止める、辞める	240
和らぐ／和らげる	85
緩む／緩める	241
揺れる／揺らす	133
汚れる／汚す	134
弱まる／弱める	86

わ

分かれる、別れる／分ける	106
沸く／沸かす	165
割れる／割る	107

索引

Note

Note

圖解日文自動詞・他動詞

作　　　者	田中綾子
翻　　　譯	AKIKO
編　　　輯	黃月良
校　　　對	洪玉樹

製程管理	洪巧玲
美術設計	林書玉
內頁排版	謝青秀
發 行 人	黃朝萍
出 版 者	寂天文化事業股份有限公司
電　　　話	886 2 2365-9739
傳　　　真	886 2 2365-9835
網　　　址	www.icosmos.com.tw
讀者服務	onlineservice@icosmos.com.tw

Copyright 2024 by Cosmos Culture Ltd.
版權所有　請勿翻印

出版日期	2024 年 8 月 初版五刷　（寂天雲隨身聽 APP 版）
郵撥帳號	1998-6200 寂天文化事業股份有限公司

・訂書金額未滿 1000 元，請外加運費 100 元。
〔若有破損，請寄回更換，謝謝。〕

國家圖書館出版品預行編目資料（CIP）

圖解日文自動詞・他動詞(寂天雲隨身聽APP版)
/ 田中綾子著；AKIKO譯. -- 初版. -- 臺北市：
寂天文化, 2024. 08　面；　公分
ISBN 978-626-300-269-2　（20K平裝）
1.CST: 日語 2.CST: 語法
803.16